Y.Y CORDA

Tova
L'éveil des Consciences

Roman

Selon les enseignements ésotériques de la Kabbalah et de la 'Hassidout, il y a deux consciences "distinctes". La conscience supérieure selon laquelle, le monde n'existe pas car la présence du Créateur est absolue et la perception de sa lumière remplie les mondes spirituels. Et la conscience inférieure, selon laquelle tout est régit par la perception de "mon existence" Le but ultime de la création des mondes est la fusion de ces deux consciences.

LA MER

Eric Fisher se jeta sur le siège de sa jeep. Des lunettes de soleil et une casquette cachaient son visage fatigué. Il longea le bord de mer et se gara dans un parking face à la plage. Arrivé au café sur le sable, il commanda une pression et s'installa pour essayer de faire le point. Il n'avait rien voulu de tout ça. L'opinion publique lui prêtait des intentions qu'il n'avait pas ! Lui-même se voyait comme un pur, un chercheur en avance sur son époque, voilà tout.

Il regarda la mer. Tout avait commencé avec la mer. C'est ici qu'il avait eu son idée de génie, et c'est là-haut, sur la falaise, qu'il avait concrétisé son projet. A croire que les âmes sont attirées par la mer ! Tiens ! Il avait pensé le mot âme ! Auparavant, c'était seulement le terme « conscience » qui prévalait pour lui. Et s'ils avaient raison ? Non, sans doute que l'âme en question était la sienne. Il n'avait pas l'esprit clair.

Il goûta goulûment sa bière fraîche ; il avait tellement soif… soif de vie. La vie ! Cette extraordinaire aventure. Pourquoi les choses tournaient-elles à son désavantage ? Il n'avait rien fait pour ça. Pour rajouter à sa mésaventure, il ne parvenait plus à dormir. Les cauchemars incessants qui le tourmentaient ne lui laissaient pas de repos. Même les somnifères ne le protégeaient pas des rêves obsessionnels qui le tourmentaient. Il préférait encore se réveiller au beau milieu d'un mauvais rêve que de rester dans un sommeil qui l'emprisonnait. En définitive, il ne dormait pratiquement plus depuis que le mauvais jugement du public devenait, malgré lui, son propre jugement sur lui-même. Inconsciemment, tout-au moins.

Ce que c'est beau, la lumière sur les vagues et l'écume retournée inlassablement. Quelle patience il fallait pour recommencer les mêmes choses ! S'il y avait un créateur de cette mer de houle, combien il devait lutter avec lui-même pour se recommencer et retourner les vagues, encore et encore. A moins qu'il ait des travailleurs fidèles et acharnés. Bien sûr que les croyants lui auraient dit : des anges ! Mais le professeur en lui ne croyait pas aux anges. Il croyait à la vie, et savait apprécier une œuvre aussi grandiose que la mer et le ciel, la création et sa multitude de détails. Mais il ne serait jamais un adepte des religions. Et ce n'était pas ces gens-là, qui le harcelaient qui allaient lui faire changer d'avis.

De temps à autres, ses paupières se fermaient d'elles-mêmes, mais il refusait de dormir. Il ne voulait pas rêver.

Par un geste, il fit appel au garçon et commanda un expresso. A ce moment, il vit qu'il était observé. Pourvu que ce ne soit ni un curé, ni un rabbin, ni un bouddhiste. Il rit tout seul. Ce n'était sûrement pas le genre d'endroit où on pouvait rencontrer ce genre de personne. Ici, en bord de plage, les gens n'étaient pas très habillés. Nous étions au mois d'août et les musiques d'ambiance étaient adaptées au public à l'esprit libre. Pourtant, un homme et une femme le regardaient et échangeaient des propos contradictoires. Pourvu qu'on le laisse tranquille.

Des gardes du corps étaient certainement cachés, donc il ne craignait pas pour sa vie. Mais c'était toujours désagréable de se confronter aux uns et aux autres. Sa mère lui avait inculqué les bonnes manières et le respect des gens de tous les milieux. Il ne dédaignait personne. Peut-être devait-il se lever avant qu'un nouveau scandale éclate ? Il reçut son café comme une injonction de rester. Encore un peu, s'il vous plaît ! Juste regarder la mer et ne penser à rien. Apprécier l'instant présent. Ce soir il retournerait au laboratoire. Et de nouveau, reprendrait ses entretiens.

C'était un travail colossal. Bien sûr, on lui proposait de l'aide, mais il la refusait constamment, poliment. Mis à part les moments où il fournissait les preuves de ses avancées, en recevant les commissions d'études, les investisseurs de tous les pays, car il avait associé toutes les grandes universités du monde à ses recherches. Mis à part, les visites d'élèves assoiffés de connaissance, jamais, il n'avait autorisé personne à pratiquer les « entretiens » comme il les appelait. Car ces consciences étaient comme des personnes à part entière et les témoignages qu'il filmait, enregistrait, étaient un témoignage pour l'humanité toute entière. On a beau dire que l'on connaît l'histoire ancienne, ce n'est jamais comme rencontrer un ancien et s'entretenir avec lui. Bien sûr, on ne pouvait pas encore pratiquer une discussion, établir un véritable dialogue, mais ses moyens d'investigation lui disaient lorsque les consciences étaient sereines ou inquiètes. Ce qui était rarement le cas.

Un certain médium, lui avait annoncé qu'il s'était engagé dans une chasse aux esprits dont il ne mesurait pas l'impact. Peut-être, effectivement. Mais il n'était pas un chasseur. Seulement un scientifique, versé dans la mécanique quantique qui venait à peine d'entrevoir la possibilité que les consciences ne se perdent jamais. Qu'elles se fondent avec l'espace, s'élèvent dans le cosmos et ne disparaissent pas.

On aurait pu en rester là, encore des décennies, s'il n'avait eu l'idée vertigineuse de recueillir ces consciences avec un piège inattendu : Des bulles d'hélium purifié et nourries d'oxygène.

Au début, il avait été le seul à y croire, évidement. Et ses premières expériences amusaient la galerie des scientifiques sérieux. Il faut dire que plusieurs mois sans aucun résultat ne jouaient pas en sa faveur. Jusqu'à ce qu'il se décide à changer son lieu de travail.

On pouvait penser que ces consciences se trouvent partout, et que, puisque les dimensions se chevauchent, il n'y a pas sur cette terre d'endroit prédestiné à recueillir ces restes d'existences humaines.

Mais c'était faux. Appréhender une existence structurée demandait une appréciation humaine, pour laquelle, un lieu vaut mieux qu'un autre. Et c'était là sa réussite. Tout-à coup, un jour où il passait devant la mer, il le ressentit, comme une intuition profonde ; si je quittais cette enveloppe terrestre, c'est au bord de mer que je désirerais résider. Et c'est là, sur une plage, qu'il avait capturé la première conscience.

Quelle joie indescriptible, il avait éprouvé alors. Ce qui l'avait le plus surprit, c'était l'intensité de la lumière. Comme si cette conscience n'était que lumière. Et cette boule d'Hélium était devenue une sorte d'ampoule. Sauf que dans cette ampoule, il y avait une présence spirituelle. C'était fou ! La théorie était prouvée et bien au-delà de toute espérance.

Mais le plus incroyable restait à venir ; ces consciences étaient plus anciennes que ses arrières grands parents, et elles s'abandonneraient, à un moment ou un autre, comme une vieille grand-mère, un vieux grand-père, à lui raconter sa vie avec tous les détails de son époque. Il fallait juste aiguiser ses outils de communications.

Dire qu'il était fasciné, ce n'était rien ; il était subjugué ! Et lui qui n'avait fondé encore aucune famille, se retrouvait avec une immense tribu ancestrale.

Un autre point l'avait étonné. Malgré cet acte d'emprisonnement, que tellement de gens lui reprochaient à travers le monde, les consciences, elles, ne lui en voulaient pas vraiment. Comme si elles avaient admis que se retrouver dans une prison d'Hélium n'était pas pire qu'une autre situation. Elles semblaient même heureuses de résider ici avec lui. Et en définitive, elles paraissaient s'attacher à lui.
C'était donc jalousement qu'il gardait son jardin secret, qui était comme un jardin des âmes.

Alors qu'il était à ses pensées, son portable sonna. C'était Cooper, son associé financier.
- Éric ?
- Salut Cooper, ça roule ?
- Oui, ça roule. Et toi ? Tu as dormi cette nuit ?
- Deux heures, peut-être.
- Tu comptes faire claquer ton compteur ?
- Je fais ce que je peux mais j'ai plutôt du mal à fermer l'œil.
- C'est justement pour ça que je t'appelle.
- Tu vends des somnifères ?

— Tu sais que je te ménage, que je prends sur moi de repousser de ton laboratoire, tous les casse-pieds qui financent ton projet.
— Tu es terrible comme épouvantail, Cooper ! Et alors ?
— Et alors, ils ont vu ta tête sur les vidéos de contrôle et ils s'inquiètent pour leur argent. Ils pensent tous que si tu continues tout seul, tu vas craquer, perdre la boule et perdre aussi toute l'avance que nous avons sur nos concurrents.
— Il y a des concurrents ! Comment c'est possible ? Nous avons fait une association planétaire pour éviter la concurrence !
— La concurrence peut être interne, Éric ! Il y a d'autres savants que toi !
— Mais c'est mon projet ! Mon idée !
— C'est trop immense pour toi, mon vieux ! Tu t'es attaqué à une conscience collective !
— Ils t'ont acheté ? C'est ça ?
— On est riche tous les deux, Éric. Grâce à ton sens de l'immatériel et mon sens de la réalité !
— Ces consciences sont bien réelles !
— A toi de le prouver ! Accepte la confrontation et l'aide d'un autre savant !
— Mais qu'est-ce que vont devenir mes consciences ?
— Tes consciences, comme tu dis, appartiennent à l'humanité tout entière.
— Alors, quoi ? J'ai travaillé pour les autres ?
— Tu invente l'électricité juste pour allumer

ton grille-pain ou pour permettre à l'humanité de vivre mieux ?
- Justement je m'inquiète pour ces consciences que j'ai découvert ! Qu'est-ce qu'elles vont devenir dans d'autres mains ?
– Calmos, Éric ! Tu es toujours le boss, mais je suis obligé de t'associer à un autre savant pour calmer les inquiétudes du monde entier.
- Je vais tout-à fais bien, je n'ai pas besoin d'un autre regard sur mon travail !
- Éric ?
- Oui ?
- C'est ça où on perd tout, mon vieux.
- Alors je vais faire une conférence, les convaincre que je suis le seul capable de tenir les rênes sur ma découverte...
- Tu n'as pas le choix, Éric, ni moi non plus, d'ailleurs. On ne sera pas les premiers savants évincés de leur découverte. Rentre au labo. Un autre professeur t'attend. La crème de la crème. J'ai essayé de trouver le plus discret et le plus agréable des savants qualifiés dans ton domaine et, en définitive, une commission internationale à statuer et...
- Tu ne peux pas me faire ça ! Que vont devenir...
- Les âmes ?
- Ce sont des consciences !
- Quelle différence ?
- Je te l'ai déjà dit, « âme » est un mot à connotation religieuse ! Je suis un scientifique.

- Les scientifiques n'ont pas d'âme ? Ils ont pourtant des états d'âme !
- Laisse-moi un peu de temps pour réfléchir.
- Non, il n'y a plus de temps, Éric, et puis, tu verras, le savant en question, tu vas l'apprécier, j'en suis sûr.
- Qui est ce savant ?
- Professeur Grinberg. Tu connais ?
- Un vieux chnok ?
- Ouai, cent deux ans au moins ! Allez, je dois y aller, fais un effort et on garde notre bébé.

Éric se retrouva de nouveau seul devant la mer infatigable. Il n'eut plus envie de boire sa bière. Il voulait avoir l'esprit clair pour affronter la nouvelle situation.

En réalité, il n'était pas étonné outre mesure. Le monde entier se confrontait à un retournement de situation.
C'était plus que de découvrir des extra-terrestres. Ces êtres immatériels étaient l'humanité que l'on croyait disparue. Elle était pourtant là, dans ce monde et dans d'autres. Leur énergie de vie avait transmuté. Ils étaient la preuve scientifique que la mort formelle n'existe pas.

Bien sûr, il n'était pas dupe ; il n'avait pas de droit d'auteur sur ces consciences immortelles. C'était comme prétendre avoir fait la preuve de l'existence de l'oxygène et de l'interdire à tout le monde.

Quelle était sa revendication ?

Il regarda ces gens autour de lui, qui marchaient, parlaient, mangeaient. Ils avaient un corps pour contenir leur vie spirituelle, leur conscience d'exister.
C'est ce qu'il avait donné à ces êtres éthérés. Une enveloppe pour communiquer avec la vie.

Alors qu'il se levait pour partir, le couple qui l'avait observé lui barra la route. Ils devaient avoir la soixantaine.
- C'est bien vous ! Je vous ais reconnu ! dit la femme en colère. Vous êtes le professeur Éric Fisher !
- Je vous demande pardon, Madame ?
- Vous êtes ce savant fou ! Cet assassin !
- Je ne suis pas sûr de correspondre à votre description, répondit-il avec un sourire désolé.

Au contraire de sa femme, l'homme ne savait pas s'ils avaient affaire au professeur Fisher, il n'arrivait pas à le reconnaître.
- Libérez ces âmes ! Rendez-leur la liberté ! Continua la dame en colère. De quel droit vous emprisonnez des âmes de défunts ? Il y a peut-être parmi elles, vos grands parents ! Réveillez-vous, jeune homme avant d'être totalement maudit !...

Il n'avait plus envie de discuter avec ces gens-là. Il n'avait plus rien à leur dire. Deux gardes du corps jaillirent de nulle-part et éloignèrent le couple avec détermination. Éric colla plus encore sa casquette sur sa tête, ses lunettes sur ses yeux et remonta dans sa voiture. Apparemment, son déguisement ne trompait plus personne.

Ces insultes faisaient désormais partie de son quotidien. Cette dame avait l'air sincère, mais lui aussi l'était...

PROFESSEUR GRINBERG

Éric S'était préparé à la rencontre avec le docteur Grinberg. Avec un nom comme celui-là, il était sans doute originaire de Pologne ou d'une ville nébuleuse d'Europe de l'Est. Le plus important était le premier contact. Il n'était pas question d'une passation de pouvoir. Il resterait le seul capitaine ! et si cet homme était brutal, il ne permettrait pas qu'il gâche les rapports privilégiés qu'il avait installé avec les consciences. Il ne laisserait personne les maltraiter. Pas question de transformer les entretiens en interrogatoire.

C'est dans cet état d'esprit qu'il roulait le long de la falaise. Il vit de loin, la grande bâtisse noire sur ses poutres d'acier, face au ciel, comme un lion dressé sur ses pattes. Les baies vitrées fumées reflétaient les nuages qui semblaient nager à l'intérieur du laboratoire. Et c'était scientifiquement vrai, puisqu'il y avait là-dedans des parcelles d'infini.

Il passa la sécurité. Le gardien le salua de deux

doigts sur la visière de la casquette sans lui sourire. Que pensait-il de lui, celui-là aussi ? Est-ce qu'il le haïssait ? Le maudissait chaque jour, discrètement ?

Il se gara sur le parvis dans le crissement des petites pierres blanches. Une autre voiture était déjà là. Celle du Professeur Grinberg ? C'était une petite Fiat rouge à deux portes. Très mignonne voiture de poche ! « J'aurais plutôt présumé une grosse Mercedes ! »

Un signe que ce scientifique n'était pas orgueilleux ? Cooper ne lui avait même pas donné accès à son dossier ! Cette manière de faire était scandaleuse. C'est vrai qu'il n'avait pas non plus demandé à le consulter, pas plus que la spécialité du bonhomme. Bon, tout ça c'était trop tard et il n'était pas en situation de force face au monde entier, Cooper avait raison, même si ça faisait mal de le reconnaître.

Il passa la première porte qui ressemblait à une porte-fenêtre de villa, même si elle s'ouvrait uniquement avec son empreinte digitale.

A l'endroit où il recevait les élèves des facs, sur un grand divan était assise une jeune femme en tailleur gris, des lunettes rondes sur le nez, les cheveux tirés en queue de cheval, elle s'était assoupie, un dossier dans la main.

Le sang d'Éric s'échauffa immédiatement : le grand

professeur lui envoyait sa secrétaire, ce qui expliquait la Fiat ! Eh bien, tant mieux ! Qu'il ne vienne pas et il sera informé par « la petite ».

Il racla sa gorge et elle émergea en panique. En le voyant planté devant elle, elle laissa glisser le dossier qui s'étala parterre.

– Oh, pardon ! Je suis désolé, dit-elle. Il eut le temps d'apercevoir des coupures de presse qu'il connaissait bien, puisqu'il y était longuement calomnié.

En se baissant pour ramasser ses feuilles, elle fit également glisser les lunettes de son nez.

– Oh non ! dit-elle. Ouf ! Elles ne sont pas cassées ! Ça fait la troisième paire que je casse en un an. Elles glissent sans arrêt ! Je transpire du nez, c'est pour ça.

– Passionnant ! fit Éric en levant les sourcils.

– Désolée pour l'entrée en matière.

– J'espère que vous êtes payée à l'heure pour profiter amplement de vos moments de sommeil.

– Je ne comprends pas, dit-elle sincèrement. Je suis ici depuis cinq heures du matin.

– Pour quoi de si bonne heure ? s'étonna-t-il.

– Eh bien ; j'ai lu que vous aviez capturé les âmes pendant la nuit.

– Ce sont des consciences, pas des âmes, précise-t-il en colère. Votre boss ne vous à pas informé de ce détail ?

– Mon boss ? Quel boss ?

– Sûrement pas la bosse des math, dit-il avec

dédain. Alors, je vous fais un topo général du labo et vous revenez une fois par mois pour voir les progrès de mon travail !

– Il me semble qu'il y ait un quiproquo, professeur.

– C'est exactement ce qu'il parait, en effet, je travaille souvent de nuit, et je manque beaucoup de sommeil, mais mon esprit est tout à fait capable de continuer seul l'analyse des consciences. Le docteur Grinberg n'a pas besoin de m'envoyer sa secrétaire pour vérifier si les articles sur mon compte sont fondés ou non ! Je ne suis pas un dépravé, je ne me drogue pas et je n'ai assassiné personne !

– Désolé professeur, je pensais que vous saviez à qui vous aviez affaire ! Dans une situation comme celle-là, on se renseigne en principe. C'est ce que j'ai fait, en tout cas, de mon côté. Quant-aux articles, j'imagine que dans votre situation, c'était inévitable.

– C'est magnifique de constater que tout le monde à sa petite idée sur moi ! Que l'on soit secrétaire ou vendeur de pop-corn !

– Professeur Fisher, j'ai horreur des pop-corn !

– Au moins un point commun entre nous !

– Bon, il faut que je me calme, là, parce que ça commence très mal, dit-elle pour elle-même.

– Au moins, si on vous dit que je suis hypocrite, en plus du reste, vous pourrez toujours témoigner du contraire !

– Accordez moi, une minute pour m'expliquer !

— Il n'y a rien à dire, répondit-il sèchement. On veut m'imposer un vieux professeur qui ne prend même pas la peine de se déplacer et m'envoie sa jeune secrétaire ; je ne vois pas comment j'aurais pu danser de joie devant vous !

— Vous n'y êtes pas du tout ! Je n'ai jamais été secrétaire de ma vie ! dit-elle, le plus fermement qu'elle put. Je suis le professeur Rachel Léa Grinberg !

Éric resta un instant, la bouche ouverte. Se demandant s'il avait bien entendu. Il la scruta pour déceler un canular. Elle restait sérieuse.

— j'ai été choisie par une commission internationale, entre trois cents scientifiques maniant la mécanique quantique et les mathématiques appliqués. J'ai aussi bien d'autres diplômes et spécialités, mais nous en discuterons, le moment venu.

— Mais ! Alors ! C'est vous qui allez travailler avec moi ?

— C'est un très grand honneur pour moi, professeur, dit-elle sèchement.

A ce moment-là, le téléphone sonna. C'était Cooper.

— Excusez-moi, dit Éric en sortant pour répondre.

— Alors ? demanda Cooper, avec une voix frétillante. Comment tu la trouve ?

— Cooper ! Espèce de faux jeton !

— Eh ! Qu'est-ce qu'il y a ?

– Tu ne m'a pas dit que Grinberg était une jeune femme !

– Une jolie jeune femme, tu veux dire ! Je t'ai envoyé un dossier sur ta boite mail que tu n'as sûrement pas ouvert.

– je tremble d'ouvrir mon ordinateur personnel. Ils me bombardent d'insultes et d'avertissements.

– Désolé. Bon, alors c'est une totale surprise, mais ce sera moins dur pour toi de partager ta passion avec une jolie femme.

– Est-ce qu'elle est suffisamment compétente ?

– Tu rigole ? C'est un génie ! Elle a des articles dans toutes les revues internationales de recherche en mathématique. Je m'étonne que tu ne la connaisses pas.

– Ah bon ! Elle ne paie pas de mine pourtant.

– Toi aussi, tu es un jeune blanc bec ! Tu dois sortir de ta bulle, Éric. Et peut-être que le créateur de tes chères consciences t'envoie un peu de tendresse féminine dans ta triste vie de célibataire.

– Bof.

– Quoi, bof ? Tu es un homme avant d'être un savant que je sache !

– Je reçois énormément d'affection des consciences ; tu n'as pas idée !

– Loin de moi de te détourner d'un projet aussi ambitieux, mais tu dois aussi avoir une vie à côté. Non ? Sortir un peu, rencontrer la femme de ta vie !

– Oui, sûrement ; Pour me faire insulter par toutes les filles de la planète ? Bon je dois rentrer m'excuser.

– T'excuser ! Pourquoi ?

– Je croyais que c'était la secrétaire d'un vieux professeur.

– Quoi ! s'échauffa Cooper, affolé. Ne bousille pas notre travail, Éric ! On risque de tout perdre, tu as saisi ?

– Oui. Je t'ai dit que je vais m'excuser.

– Sois agréable ! Souris ! Séduit ! Explique ! Partage !...

– Stop ! J'ai saisi.

Ils raccrochèrent en soufflant chacun de leur côté. Elle s'était de nouveau assise sur le sofa.

– Mademoiselle Grinberg.

– Je préfère professeur, si ça ne vous ennuie pas.

– Je tiens à m'excuser pour ma méprise, mais vous êtes si jeune que...

– J'ai toujours fais plus jeune que mon âge. À seize ans, j'en paraissais douze. À vingt ans, j'en paraissais seize. Mais je suis plus vieille que vous, d'exactement sept mois et un jour. J'ai eu trente-trois ans, hier.

– Ah bon ! Ça alors ! Je n'aurais jamais pensé. A côté de vous, j'ai sûrement l'air d'un grand père.

– Pas exactement. On voit juste que vous avez besoin de repos. D'ailleurs, j'ai été choisie pour vous seconder, et vous décharger un peu.

– Justement, mon conflit avec le monde entier, c'est que je ne veux pas être déchargé.

– Je comprends, et sachez que j'admire votre courage. Résister devant autant d'attaques ce doit-être très difficile. Il faut être véritablement investit de sa mission pour ne pas flancher.

– M'oui, dit-il, en ayant peur de se laisser amadouer.

Il lui fallait tout d'abord être sûr qu'elle ne jouait pas le rôle d'un agent double avant de s'abandonner à des confidences. Pourtant, il avait accepté d'être agréable avec elle.

– Je vous fais visiter notre laboratoire ? demanda-t-il avec un sourire forcé.

– Avec grand plaisir !

– Sachez, tout d'abord, que nous ne sommes jamais seul. Il y a des gardiens en faction dans chaque angle et chaque étage du bâtiment. De plus, chacun de nos gestes est épié par des commissions de surveillance vidéo internationales. Micro également, bien entendu. Au fait, il y a des chambres pour les chercheurs, avec tout le confort, pour les fois où on veille plus que de coutume, ou alors si vous avez le désir de vous installer ici, le temps de votre mission.

– Très bien, acquiesça-t-elle.

– Bien sûr, une cafétéria aménagée, sans alcool, toute fois. Pour boire une bière, faut fuguer en bord de mer.

– Okay, dit-elle poliment. De toute façon, je ne bois pas.

– D'ailleurs, je vous invite pour un café et

une tarte de votre choix.

— Merci, ce n'est pas de refus, dit-elle avec un sourire innocent.

— Voilà, c'est un peu prêt tout, conclut-il. Si vous avez un plat que vous préférez, faites-le savoir au serveur.

Ils prirent place sans commander et un serveur leurs servirent café et tartes.

— Peut-être que vous n'avez pas bien saisi mon rôle, professeur. Je ne suis pas là pour les commodités ! dit-elle offusquée. Vous me parlez de chambre et de nourriture et pas du labo et de notre travail !

— Ah, le labo. Oui, c'est un détail. Installez-vous d'abord, vous avez le temps. Comment êtes-vous rentrée ce matin ? Vos empreintes sont déjà répertoriées ? Il faut ouvrir votre dossier de salarié. Voyez avec la comptabilité et on se revoit demain matin à la même heure !

— Professeur !

— Oui, Mademoiselle ?

— Je veux bien croire que je dois m'intégrer par la petite porte, mais mon salaire et mon recrutement sont indépendants de votre projet personnel.

Elle fronçait très nettement les sourcils et il se dit que c'était sûrement une jeune femme têtue. Il devait gagner du temps pour préparer les consciences. Il ne pouvait pas la ramener comme ça. Du genre, « Coucou ! C'est nous ! »

— Je vois, dit-il. Vous avez donc ouvert toute

seule, et franchement, ça me fait un peu peur !
Vous arrivez ici comme une propriétaire des lieux !

– Je ne pense pas vous avoir donné cette impression, en vous attendant sur le divan des visiteurs !

– Je vous l'accorde, vous dormiez comme un bébé, dit-il en se moquant. Vous avez vu ! Vous êtes la seule femme présente dans cette petite NASA !

– Et la dame qui m'a ouvert ?

– Quoi ! S'étonna-t-il. Quelle dame ? Vous êtes la seule ici à trois kilomètres à la ronde.

– Alors, elle est venue uniquement pour m'ouvrir !

– Vous êtes sérieuse, là ? On a envoyé une autre femme pour vous réceptionner ?

– Il semblerait, oui. Elle était très aimable, d'ailleurs. J'ai eu l'impression de l'avoir déjà vu.

– Quel toupet ! Ils font ce qu'ils veulent alors ! Daniel se leva et se dirigea vers les gardiens.

– Avez-vous laissé entrer une autre femme que le professeur Grinberg ?

– Personne d'autre n'est rentré aujourd'hui, affirmèrent les gardiens.

– Vous êtes sûrs de vous ?

– Vous n'avez qu'à visionner les vidéos de surveillance.

Eric se retourna vers le professeur Grinberg qui était très étonnée.

– Puisque je vous dis qu'une dame est venue m'ouvrir ! Renseignez-vous chez Cooper, il vous certifiera.

– Cooper serait au courant ! Lui aussi, prend un peu trop de décisions sans me consulter au préalable ! Très bien, préparez-moi la vidéo, à l'heure de l'entrée du professeur Grinberg, je la visionnerais plus tard. Maintenant, Madame le professeur...

– Mademoiselle, je ne suis pas mariée !

–Enchanté de l'information, mais nos rapports seront strictement professionnels.
Elle leva les sourcils, un peu choquée.

– Je ne suis pas là pour me marier ; je veux voir les consciences !

– Vous ne pouvez pas les voir comme ça ! C'est un rapport très fragile que j'ai instauré avec elles. Vous attendrez !

– Permettez-moi l'accès à toutes les installations d'observation, en attendant. Le système de capture et la communication !

– Ce n'est pas un ordre, j'espère ?

– Non. C'est une demande d'égale à égale, affirma-t-elle.

– C'est ma découverte !

– Je ne le nie pas. Mais vous devez désormais partager cette découverte avec un confrère ! C'est à dire, moi !

– Je vais d'abord tirer au clair le sujet de votre intrusion !

– Faites ! Je vous en prie !

– La vidéo est prête, dit le gardien.

Ils s'installèrent sur des chaises de bureau, devant les écrans et virent la porte s'ouvrir et le professeur Grinberg rentrer en remerciant avec un sourire. Aussitôt, elle se dirigea vers le sofa.

Éric fronça de nouveau les sourcils et hurla sans ménagement : « Professeur Grinberg ! » Elle se dirigea vers eux, en traînant les pieds.

– On vous a déjà dit que vous êtes carrément grossier ?

– Je crois que je vais l'être encore plus avec ce que je viens de voir !

– Qu'est-ce que vous avez vu ?

– Rien ni personne ! Vous racontez des histoires !

– Comment ça ?

– Personne ne vous a ouvert !

– Ah bon ! Vous plaisantez ?

– J'en ai l'air ?

– Pas du tout ! Ça veut dire quoi, exactement ?

– Que personne n'apparaît sur l'écran !

Elle le regarda étonnée. Reporta son attention sur le gardien qui certifia d'un signe de tête.

Cet instant sembla s'éterniser et elle faillit, comme autrefois, s'enfuir en courant, comme lorsqu'elle était petite. Pourtant, elle était aujourd'hui, un adulte responsable, qui avait fait ses preuves. Elle comprenait ce qui se passait mais elle ne pouvait pas leur dire. Pas en cet instant devant cet esprit borné, en tout cas. Elle ne devait pas flancher.

– Très bien ! Je ne désirais pas vous le dire, mais, j'ai simplement ouvert avec mon empreinte.

– Pourquoi avoir inventé cette histoire de femme qui vous aurait ouvert ?

– Parce qu'au contraire de votre opinion sur le professeur Grinberg, j'ai essayé de ne pas m'imposer en arrivant ici comme un propriétaire, mais plutôt comme une invitée. Je n'imaginais pas que j'étais la seule femme à bord.

Éric était aussi étonné qu'intrigué. En même temps, il se sentait un peu coupable de son comportement excessif. Il s'était rendu compte que les joues de la jeune femme étaient rouges et que ses yeux étaient larmoyants. Deviendrait-il cruel, lui aussi, envers cette jeune femme, autant que les autres étaient cruels envers lui ?

– Désolé ! Je me suis mal comporté envers vous. C'est sans doute la fatigue. Venez ! Suivez-moi !

Elle le suivit, sans rien dire. Le gardien, quant à lui, retourna à ses écrans. Il repassa la vidéo en arrière, une fois, deux fois, trois fois. Quelque chose ne tournait pas rond ; pas une seule fois, la jeune professeure n'était suffisamment près de la porte pour être à proximité suffisante pour avoir entraîné l'ouverture avec son doigt. Il dirigea son regard vers l'écran extérieur et remis également en arrière de manière à voir la scène de l'extérieur. Et là, c'était flagrant ! La porte s'ouvrait devant la visiteuse sans qu'elle ait entraîné l'ouverture de quelque façon que ce soit. C'était comme si effectivement, quelqu'un avait ouvert la porte à sa place.

Le gardien ne comprenait pas. Il s'était toujours dit que ce bâtiment était une forteresse imprenable. Voilà maintenant qu'il doutait de la sécurité si cette jeunette était capable d'actionner un programme d'ouverture inconnu par le système de sécurité.

Devait-il en faire part au professeur Fisher ?

Lui non plus, ne le portait pas dans son cœur. S'il était vrai qu'il emprisonnait des fantômes, il n'aiderait pas un geôlier à torturer des revenants venus de l'espace. Des âmes auparavant libres, désormais cloisonnées dans des prisons d'hélium. Si ce petit bout de femme était là pour libérer ces consciences comme elle avait ouvert cette porte-fenêtre blindée, il n'interviendrait pas. De toute façon, en tant que gardien, il pourrait toujours dire qu'il adhérait à la version des faits du professeur Grinberg, attestée devant lui par le professeur Fisher.

Le gardien se dit qu'il serait tout de même plus vigilant à l'avenir pour pouvoir appréhender les techniques « d'introduction » de la scientifique.

Elle découvrit pour la première fois, l'étape directive du projet ; Une pièce entière consacrée à cet effet. Tout était affiché sur les murs, toutes les équations et les conclusions pratiques, écrites en grand, comme une sorte de petit musée pour les visiteurs. Elle en fût émerveillée.

    – C'est fantastique ! s'écria-t-elle. Ce sont

tous vos calculs !

– C'est comme ça que tout a commencé, dit-il fièrement. Des chiffres et leur conclusion !

– Alors, laissez-moi voir, dit-elle, en reprenant à haute voix tout le développement à une vitesse grand vé.

– Vous êtes rapide ! dites donc !

– Mon père est mathématicien dans l'âme, mais il me dit qu'on ne devait y accorder qu'une part infime de son temps.

– Pourquoi ça ?

– Il pense qu'une action est préférable à mille calculs !

– Sans doute, mais la recherche est la sève de notre métier.

– C'est pourtant d'avoir concrétisé une idée qui vous a valu votre réussite ! D'après mon père, toutes les idées ont une part d'erreur que l'action corrige. Toutes nos recherches peuvent être niées ! L'essentiel est le courage de concrétiser un projet même s'il ne peut être exempt d'une part d'erreur.

– Je vous assure que là, il n'y a aucune erreur ! dit-il en frappant le mur de sa main.

Elle se mis un peu en retrait, rajusta ses lunettes qui glissaient sur son nez, revint mentalement sur tous les calculs et s'écria enfin :

– Là ! Cette équation ne peut pas être valable pour la mécanique quantique et vous l'avez pourtant utilisée comme si elle ne confrontait pas deux dimensions diamétralement opposées !...

C'est ingénieux en définitive, avoua-t-elle, puisque vous appliquez des algorithmes d'Einstein pour palier à l'impossibilité de structurer les consciences infinies dans notre réalité étriquée !

– Quoi ! dit-il éberlué. Comment en êtes-vous arrivé à de telles conclusions ?

Il balaya ce tableau qu'il connaissait par cœur, revint lui aussi sur ces calculs que les plus grands savants de la planète avaient contrôlés, et brusquement, il entrevit ce qu'elle disait. Il lui semblait maintenant impensable qu'il n'y ait pas songé de lui-même, qu'il ait pu construire un édifice de la mécanique quantique en empruntant aux règles d'or d'Albert Einstein !

– C'est extraordinaire ! dit-elle en riant.

– Quoi encore ? demanda-t-il, de plus en plus étonné par sa clairvoyance.

– Sans ce non-sens, vous n'auriez jamais osé appréhender la part pratique de vos expériences ! C'est comme si vous dessiniez un plan de Londres et que dans un de ses quartiers, vous intégriez le plan d'une rue de Paris !

– Qu'est-ce que ça veut dire ? questionna-t-il effondré.

– Cela revient à dire que ce sont vos consciences qui vous ont trouvé ! Et non le contraire !

– Pourquoi dites-vous cela ? demanda-t-il d'une voix tremblante.

– Parce que, comme vous le voyez dans cette formule mathématique : tout est relatif ! De votre point de vue, vous cherchez à capturer des consciences. Mais de leur point de vue, ce sont elles qui vous dirigent pour communiquer avec nous !

Il ne put rester debout plus longtemps. La tête lui tournait, il chercha un siège et s'appuya le dos contre le mur. Tous les chiffres autours de lui tournoyaient dans sa tête. Il examinait les choses dans tous les sens et elle avait soulevé un problème insoluble pour lui.

Comment était-il possible qu'il ait fondé toute sa réussite sur une erreur de résonnement ?

– Qui êtes-vous ? questionna-t-il, en la voyant pour la première fois.

– Je ne suis que la fille du professeur Grinberg.

– Je ne comprends pas ! Vous êtes-vous même un éminent chercheur, n'est-ce pas ?

– A ce qu'il paraît. Rassurez-vous, je ne suis pas un imposteur. Pourtant, comment vous dire, je me ressens juste comme le degré de l'action d'une pensée éblouissante qui n'appartient qu'à mon père.

– N'avez-vous pas dit que l'essentiel était l'action ?
Elle sourit. Sachant que c'était aussi sa consolation à lui. Car on ne pouvait réfuter la réussite pratique de ses recherches.

– Ne croyez surtout pas que je vous perçoive désormais comme un mathématicien diminué par cette erreur, professeur Fisher. Au contraire, vous êtes maintenant plus humain, plus vivant, plus vrai, en définitive.

– Cette erreur détruit toutes mes ambitions. On parle de moi pour le prix Nobel, mais je vais plutôt proposer qu'il vous soit accordé. A vous ou à votre père.

– Votre génie se renforce dès que vous arrêtez de penser que vous êtes invincible, dit-elle sans relever ses propos.

– Et irremplaçable, rajoutât-il avec honnêteté. Oui ; Il est temps, sans doute, que je prenne un peu de repos.

C'était lui qui avait désormais les joues rouges et les yeux larmoyants.

En le voyant si bouleversé, elle se demanda si elle avait bien agi en lui révélant son erreur. Le fait est qu'elle n'avait pas réfléchie aux conséquences, tout avait jailli spontanément sans qu'elle y prenne garde. Et cet homme de science voyait s'écrouler l'ossature d'une réussite qu'il croyait avoir construit seul, pas après pas, comme les rouages d'une usine de compréhension dont le produit loué par le monde entier l'avait attendu, elle aussi. Car ils savaient tous deux, désormais, qu'en disloquant cette formule pour lui retirer son intégrité primitive, elle devenait associée à son travail. Il n'y avait qu'un pas pour qu'elle améliore la structure et lui vole le projet ; Il le savait.

Mais elle n'était pas ici pour ça. Elle demandait

seulement qu'il lui fasse une petite place dans son projet.

— Si vous le permettez, je monte dans ma chambre, lui dit-il d'une voix d'outre-tombe. Vous n'avez qu'à présenter votre doigt sur les portes et vous pourrez accéder à toutes les arcades du projet. Encore deux pièces et vous serez dans la salle d'observation, d'où vous pourrez voir, à travers une vitre blindée, les consciences dans leur bulle d'Hélium. Accéder à la salle des consciences vous sera impossible pour l'instant. Seules mes empreintes digitales débloquent la dernière sécurité.

— Pour l'instant ! Souligna-t-elle avec espoir.

— Oui. Il faut me laisser encaisser le coup que vous m'avez porté.

Il se retira comme un somnambule ou un homme saoul, en titubant. Elle fût prise d'une immense pitié pour ce savant voué à son œuvre, et qui y laisse toute son énergie. À moins qu'elle soit l'unique responsable d'une telle faiblesse ?

Lorsqu'elle se retrouva seule, un problème qui n'était pas mathématique lui donna envie de lui courir derrière. Elle se retint pourtant pour ne pas compliquer des rapports qui semblaient tout de même s'être amélioré.

Le problème, c'est qu'elle n'avait pas encore enregistré ses empreintes digitales. Évidemment, pour pénétrer un projet d'une telle envergure, elle aurait, tout au moins put se présenter aux services d'enregistrement gouvernemental qui auraient intégrés ses empreintes et le tour était joué. Mais, lorsque l'annonce lui était parvenue qu'elle venait d'être sélectionnée entre tous les chercheurs de tous les pays, elle n'avait pu tamiser son impatience et repousser d'un seul jour sa rencontre avec les consciences immortelles.

En d'autres termes. Elle était emprisonnée dans cette pièce jusqu'au retour du professeur Fisher.

CONSCIENCES

Éric se réveilla en sursaut. Avait-il dormi longtemps ? La jeune femme était-elle encore là ?

En un instant, il se remémora tout ce qui s'était passé dans ce début de matinée. Il regarda l'horloge électronique sur le mur ; Il était déjà midi. Il avait faim. Il se doucha, s'habilla soigneusement et descendit vers le laboratoire. En croisant un gardien, il demanda si le docteur Grinberg était encore présent ? L'homme répondit que personne n'était sorti.

Qu'avait-elle fait tout ce temps ?

Il se dirigea d'abord tranquillement vers la salle de démonstration, mais bientôt, sans vraiment savoir pourquoi, l'inquiétude le gagna. Et la question résonna de nouveau en lui : « Que fait-elle dans mon laboratoire pendant tout ce temps ? » Il accéléra le pas jusqu'à revenir à l'endroit où il l'avait laissé. Bien sûr, elle n'était pas là. Il ouvrit la porte suivante et ne la trouva pas. La crainte le saisit, mais il se calma en l'imaginant dans la salle d'observation, assise, ébahit devant l'immense vitre blindée, observant les consciences avec émerveillement.

Son doigt tremblait pourtant lorsqu'il ouvrit la porte. Ses cheveux se dressèrent sur la tête, la pièce était remplie d'une intense lumière qu'il connaissait bien. Il tituba, hurla, mais la voix était comme aspirée par la lumière. Que s'était-il passé ? Pourquoi la lumière était partout ? Elle était habituellement uniquement à l'intérieur des bulles d'Hélium ! Est-ce que les bulles avaient explosées ?

Avec un immense effort, il atteignit la dernière porte et campa son doigt sur la serrure électronique qui s'ouvrit aussitôt, alors qu'au même instant, les lumières regagnèrent leurs bulles d'Hélium.

Il fit un tour de la pièce qui avait retrouvé sa structure habituelle. Il se sentit tout de même un peu bête ; comme un pion qui a entendu le vacarme des élèves et les retrouve assis tranquillement en train d'étudier à leur place habituelle. Les consciences avaient-elles fait une fugue ? Dans ce cas-là, les bulles d'Hélium ne les contenaient pas ! Ne les limitaient pas ! Elles n'étaient donc pas prisonnières de leur prison « synthétique » ? C'était une réponse aux attaques qui lui étaient faite.

Tout à coup, il retrouva sa première inquiétude : où était le professeur Grinberg ? Il revint précipitamment dans la pièce précédente et la trouva endormie face à la vitre d'observation. Ses lunettes étaient de nouveau sur le sol. Il lui suffisait de les écraser et il la neutralisait peut-être pour une journée ou plus, le temps qu'elle s'achète une nouvelle paire. Il la contempla et la découvrit si inoffensive qu'il ramassa les lunettes et par jeu, les porta à ses yeux. Il fut étonné. C'était simplement des verres transparents. Et lui qui avait une vue perçante, voyait normalement. Qu'est-ce que ça voulait dire ? Est-ce qu'elle jouait la comédie ? De nouveau, il se mit sur ses gardes.

Il prit place sur un siège, près d'elle, et essaya de contempler son œuvre comme, sans doute, elle l'avait vu, elle-même, avec ce mélange de science et d'innocence qui la caractérisait. Une innocence feinte ?

La pièce était immense, c'était un laboratoire de deux cents mètres de superficie dont le plafond de verre arrondi, comme une coupole d'observatoire, laissait rentrer le ciel bleu et ses nuages. Dans la nuit viendraient les étoiles. Vu de l'intérieur, les consciences baignaient encore dans le ciel.

Il déposa les lunettes près d'elle. Pourquoi sa vie était si compliquée ? Un mot lui venait à l'esprit. Ce mot, c'était : contrarié. Il était souvent contrarié. Et dès qu'il était contrarié, il était de mauvaise humeur. Est-ce que tous les hommes étaient comme ça ? Il n'avait jamais eu d'attrait particulier pour la psychologie. Les chiffres demandaient de la patience mais il comptait vite et déduisait sans avoir besoin de vérifier ses intuitions ; c'était comme ça qu'il avait donné naissance à ce projet insensé : capturer l'impossible. Limiter l'infini. Pourquoi pas ? s'était-il dit. Il regarda vers les consciences et sourit. On ne voyait rien d'ici. Comment alors avait-il pu débloquer les fonds, alors qu'ils n'avaient eu à se mettre sous la dent que des images floues d'une vague lueur de vie. Certains y avaient même vu des formes humaines ! Les insensés !

Elle s'éveilla. Chercha ses lunettes en tâtonnant de ses doigts. Il leva les sourcils, exaspéré.

– Elles sont là, dit-il, en lui tendant les lunettes.
– Merci.
– Est-ce que vous êtes myope ?
– Pas exactement.
– Pourquoi porter des lunettes aux verres transparents ?

Elle perçut cette phrase comme une gifle en pleine figure.

– Vous les avez essayés ?
– Oui.
– Pourquoi ? questionna-t-elle, outrée.
– Pourquoi ?
– C'est mon intimité. Vous n'avez pas à essayer mes lunettes.
– Je. Je ne sais pas. Par curiosité, peut être, dit-il.
Il se sentit gêné. Pourquoi avait-il fait ça ?
– je vous intrigue ?
– Plutôt.
– Je suis un peu bizarre, c'est ça ?

– Pourquoi bizarre ? Non, vous êtes un peu étonnante, mais pas bizarre. Vous avez peur que je vous trouve bizarre ?
Elle regarda derrière la vitre. Qu'est-ce qui n'était pas bizarre dans ce monde ? Pourquoi serait-elle toujours la seule bizarre ? Elle lui dirait la vérité et elle verrait bien s'il la prenait pour une folle.

– Mes lunettes, dit-elle, me permettent de me limiter. C'est juste un cadre de vision. Les autres portent des lunettes parce qu'ils ne voient pas. Moi, je les porte parce que je vois trop.

– Je n'ai jamais entendu un truc comme ça ! s'étonna-t-il.

– Ça arrive pourtant, dans les meilleures familles, dit-elle avec un sourire désolé.
Il trouva ce sourire mystérieux, étrange, bizarre, tout-à coup.

– Vous êtes sérieuse, là ? Vous voyez trop ! Vous voyez quoi ?

– Si vous aviez un microscope électronique à la place des yeux, vous verriez quoi ?

– Le cœur de la matière. L'infiniment petit. Des atomes !

– C'est un peu ça. Sauf que mon instrument à moi ne voit pas des atomes.

– Non, mais ! vous me faites marcher ?

– Vous ne me croiriez pas si je vous disais que je vois d'autres choses, comme des combinaisons de lettres ?

– Si je pensais que vous étiez seulement schizophrène, je serais en dessous du compte ! Et si vous essayez de me dire que vous êtes une voyante, une médium venue me sermonner ! Vous pouvez sortir d'ici immédiatement !

– Mais est-ce que vous pouvez vous calmer ? Votre père ne vous à pas appris à écouter les gens jusqu'au bout ?

– Mon père était trop occupé pour m'apprendre ce genre de détail.

– Je suis désolée, dit-elle sincèrement. Mon père ne m'a pas accordé beaucoup de temps parce qu'il travaillait énormément, mais chaque fois, c'était intense ! Je n'imaginais pas que les autres aient moins de chance que moi. Je vais tenter de vous expliquer simplement : C'est une sorte de déphasage de la vision. J'ai tellement calculé que mes yeux ne s'arrêtent plus. Là, vous voyez, je continue les calculs écrits sur votre mur. Je ne peux pas m'en empêcher. Vos chiffres sont encore devant mes yeux.

– Alors, quoi ? Vous continuez mes équations ? demanda-t-il en tremblant malgré lui devant cette information qui le remplissait de crainte. Si elle continuait ses équations, elle pourrait bientôt le dépasser, et pourquoi pas le remplacer.

Elle perçu sa crainte et voulue conclure cette discussion gênante.

– C'est pour ça que je porte ces lunettes. Pour limiter ce rythme de pensée qui finit par devenir ma vision, tant mon esprit déborde !

Il la regarda incrédule. Est-ce que c'était un génie

comme il en existait très peu sur cette planète ? Il ne trouva rien à lui dire. Alors, il leva les épaules, comme pour faire comprendre que cette discussion était close.

– Venez ! On sort prendre l'air. Je vais vous montrer les installations du bord de mer. C'est en fait l'essentiel, ou l'essence même du projet. Le reste n'est que communication.
Elle le suivit en silence. Trop contente que les choses s'arrêtent là. Pourtant, une question la tiraillait et elle devait obtenir une réponse rapidement car elle pressentait que tout se jouait sur cette question.

– Dites ?

– Oui ?

– C'est normal que l'on ne voie pas vos consciences dans le laboratoire ?

– J'en déduit que vous n'avez pas vu la lumière de tout à l'heure ! Je vous l'ai déjà expliqué, c'est la nuit que les consciences brillent.

– j'ai bien compris ce principe, mais ça nous oblige à devenir des veilleurs de nuit et le résultat est loin de séduire tout le monde.

– Ah bon ! Le monde entier me suit pourtant ! Même si je ne suis pas très séduisant !

– Oui, dit-elle, sans relever sa remarque, mais imaginez que l'on puisse distinguer une forme ?

– Une forme de quoi ?

– Eh bien, dit-elle avec évidence ; Une forme humaine !

– Vous délirez encore ? Ce sont des consciences égarées dans l'espace ! Pas de vulgaire image de synthèse !

– Ce sont des consciences humaines ! criât-elle.

– Et alors ? Hurla-t-il. Elles sont désincarnées !

– Il subsiste dans l'âme une mémoire du corps, une persistance de la matière !

– Voilà trois ans que je suis sur ce projet et je n'ai pas vu l'ombre d'une forme ! Et vous savez pourquoi ? Parce qu'elles ne sont plus que des énergies sans aucune masse !

Ils avaient traversé toutes les pièces en discutant. Lorsqu'ils furent près de la porte de sortie, une grande vieille dame les observait. Bien sûr, il ne la vit pas. Seule Rachel la contempla discrètement.

CAPTURE ÉPHÉMÈRE

Les pièges étaient éparpillés sur la falaise. Ils étaient comme des socles circulaires qui généraient une lumière bleue. Les deux scientifiques étaient assis dans l'herbe et attendaient la nuit en silence.

Elle n'avait pas voulu monter dans sa Jeep car elle préférait garder son autonomie, et l'avait suivi sur cette route qui serpentait pour atteindre le haut de la falaise. L'un et l'autre avaient eu tout le chemin pour réfléchir l'un sur l'autre. Elle avait conclu qu'il était irascible, têtu, égoïste. Il avait compris qu'il ne pourrait pas se débarrasser d'elle aussi facilement qu'il l'avait pensé au premier abord. Elle semblait indéniablement frappée de la douce folie des génies et il la craignait désormais, malgré sa gentillesse innée. Il le savait, ce n'était qu'une question de temps mais comme Tesla aurait pu éclipser Edison, cette fille à papa avait du cran, une phobie pour les mathématiques et un but secret, qu'il lui fallait découvrir.

Elle se disait qu'il était encore trop étriqué dans sa vision du sujet. Comme un enfant qui ne désire pas sortir du monde de fourmis qu'il s'est construit et le préfère à mille autres palais. Ce chercheur à trouver un filon scientifique mais il est incapable d'évoluer, de peur de toucher à un seul bouton de son écran de réglage. Ne surtout pas risquer de perdre le miracle qui s'est installé par hasard.

Ils étaient donc sur cette falaise devant un paysage palpitant de vie. Le calme et la puissance conjuguée. Comme poivre et sel qui s'accordent si bien dans une assiette et quelques épices en plus pour libérer un rêve, une bouffée de vie encore enfouie dans l'être moribond qui geint de peur et de sueur. Mais le vent, l'air frais, conjugué à l'air de la mer, a le cran de vous sortir de l'ombre et vous permet de souffler et de pactiser avec vos sensations endormies.

Elle était immédiatement tombée amoureuse de l'endroit. Même s'ils étaient haut perchés du haut de leur falaise, ils ressentaient sur leur corps, l'étreinte lascive de la mer. Évidemment, cet endroit était en accord avec les âmes, toutes les âmes. Et les consciences ne pouvaient que l'aimer. C'était un lieu de vie pour les âmes. Des goélands criaient sans déranger ni les pierres ni les vagues et aucun bateau ne s'approchait de ce périmètre de sécurité internationale.

En descendant de la voiture, elle avait pris sa décision : il fallait améliorer la visibilité !

Pourtant, frappée par la beauté de l'endroit, elle avait cédé à l'instant, à l'air frais, à la brise, à la sensation profonde de vie. Elle avait ouvert les bras et s'était mise à tourner sur elle-même en riant.

Il ne s'était pas attendu à une telle réaction. Celle d'une jeune fille.

– Ah ! dit-elle. C'est si bon ! Quel temps perdu dans les villes, alors que la nature à un message si franc, si puissant ! C'est la vraie vie !

– C'est la mer, en particulier. J'ai tout de suite su que cet endroit était fait pour l'épanouissement de la conscience ! avoua-t-il en souriant. Je me suis dit : s'il y a un endroit où capturer les consciences, c'est ici !

Il était gagné par sa bonne humeur.

Elle le regarda sérieusement, tout-à coup.

– Vous avez pensé que c'est là que vous vouliez venir après votre mort ?

Il se troubla. Elle avait vu juste. Est-ce qu'il devait l'admettre ? Pourquoi pas.

– J'avoue que ça a été ma première pensée. Ensuite, je me suis repris. Nous sommes des scientifiques, nous n'avons pas le droit de réfléchir de cette manière.

– Pourquoi pas ? Les scientifiques vivent et meurent comme les autres !

– Nous faisons dans la science exacte, pas dans les spéculations mystiques ! Toutes ces sottises psychologiques qui s'accumulent autour de

la mécanique quantique ne valent pas un dollar !
Fit-bak et compagnie ! Notre domaine, ce sont les
mathématiques !

– Entre nous. On fonctionne aussi en théories ! Ces théories peuvent-être prouvées ou non.
Les scientifiques sont des hommes de foi, qu'ils
l'admettent ou non.

– Vous avez d'autres stupidité du même
genre ?
Elle le regarda fixement.

– Avouez que vous avez peur de la mort !
Il sourit, en se demandant où elle voulait en venir.

– Vous arrivez trop tard, Mademoiselle Grinberg. Hier peut-être. Aujourd'hui, je sais que je
pourrais venir dans ce lieu. Alors, je suis tranquille.

– Vous pensez comme un hindou ou un
tibétain.
Il s'esclaffa.

– Un tibétain ! Vous m'avez regardé ?

– Eux aussi pensent revenir dans des lieux
qu'ils ont aimés, en se confondant avec le ciel et les
arbres. Avec la mer, les plantes...

– OK. Tenez-moi au courant, lorsque vous
voudrez commencer à comprendre le système. On
écrira des poésies, un autre jour !

Elle se dit qu'il était vraiment imperméable au bon
sens, sans soupçonner combien elle l'influençait
malgré tout, même s'il ne laissait rien paraître.

En fait, elle ne connaissait pas beaucoup les
hommes. A l'université, elle avait fui les garçons

pour être tout entière à l'étude. Elle ne sortait pas, elle ne buvait pas. Pourtant, elle ne jugeait pas les autres, elle était suffisamment passionnée pour comprendre ce besoin de brûler ses heures. Oui mais comment ? Ce qu'elle ne supportait pas, par-dessus tout, c'était la perte de temps. Et dans sa vision du monde, les jeunes gens perdaient trop de temps au jeu de la séduction, au détriment des études. En tout cas, elle était trop entière pour s'imaginer fournir une telle intensité dans des voies si extrêmes. Être dans l'esprit et le cœur en même temps lui semblait impossible. Le seul homme qu'elle connaissait, c'était son père. Lui savait conjuguer l'esprit et le cœur. Il était son père, son Maître, son guide, son exemple et son soutien.

Son désir était qu'il soit toujours fier d'elle.
– Ces socles sont des générateurs actifs d'hélium purifié et nourri d'oxygène, expliquât-il.
– Et c'est l'hélium qui devient le nouveau corps des consciences ?
– Mais pas du tout !
Il repoussa l'idée de la main, comme si elle était ridicule.
– Vous pensez uniquement à un piège ? Une cage ? rajouta-t-elle.
– Vous le savez déjà ; c'est tout le principe, l'idée de génie !
Elle resta pensive. L'hélium était un fluide extrêmement léger qui pouvait servir à une autre utilité que celui d'être une vulgaire cage. Surtout qu'elle

pressentait que les consciences étaient consentantes.

Il n'aimait pas qu'elle n'accepte pas les choses comme elles étaient et qu'au contraire, elle veuille déjà améliorer ses installations.

Elle s'en rendit compte et ne dit plus rien en attendant patiemment sur l'herbe que la nuit vienne. Il avait commandé des pavés de saumon, des haricots verts et deux verres de vin blanc.

– Je croyais que l'alcool était prohibé dans votre station balnéaire consciencieuse !

– Tchin, répondit-il. Vous appelez ce vin blanc, de l'alcool ?

– Je suis obligée d'en boire ?

– C'est mieux pour libérer votre conscience.

– C'est une plaisanterie ?

– Pas du tout ! J'ai réussi à faire admettre que la conscience des chercheurs était aussi importante que leurs instruments. Depuis, on me permet ce verre de vin.

– Pour libérer la conscience ?

– Exact ! Que se passe-t-il quand nous buvons un peu ? questionna-t-il joyeusement.

– On se saoul ?

– Mais non, pas avec un verre de vin blanc ! On se relâche ! On se laisse aller...On lâche du lest, si vous voulez !

– Moi, je ne veux rien. C'est vous qui voulez que je boive !

– Okay, ce soir, nous avons la permission de

minuit ! Maman, n'est pas là !

– Je vous préviens, je suis ceinture noire de karaté ! s'écriât-elle, subitement.

– Pourquoi dites-vous ça ?

– Pour ne pas que vous profitiez de la situation.

– Pas de risque.

– Pas de risque ?

– Sans vouloir vous vexez, vous êtes habillée comme ma grand-mère, les jours de grande pluie. Maquillage ; inexistant. Pas de talons...

– Stop, pour la description ! Et je suis très vexé !

– Que ça ne nous gâche pas la soirée, tout de même !

– Pas de risque. Mon métier avant tout !

– Pas de nouvelle question ? Le saumon, ça va ?

– Magnifique la cuisson ! Entre souchi et Sophie !

– C'est quoi ce délire ?

– Un truc de filles, pour dire que c'est bien cuit. Enfin, pas trop cuit, plutôt !

– Vous devez boire, s'il vous plaît !

– Je n'ai pas bien compris pour le vin ! Nos consciences peuvent gêner les consciences ?

– L'existence n'est qu'une histoire de conscience.

– Là, je suis d'accord.

– Alors, notre existence doit se mettre en veille. C'est ce que provoque le vin.

– Mais si je suis saoul, je serais en délire ?

– Pas grave, on appellera les pompiers. Vous n'avez jamais bu un verre de vin ou quoi ?

– Okay, tchin !

Elle avala une gorgée et toussa.

– Avouez qu'il est bon ? demanda-t-il.

– Très ! Mais il pique un peu et ça fait un peu peur !

– Mais pourquoi ça ferait peur ?

– De quitter sa conscience. Je ne le fais jamais.

- Vous ne buvez jamais, vous voulez dire ?
- Ça m'est déconseillé.

– Mangez et l'alcool ne vous fera pas de mal.

Elle mangea comme une élève consciencieuse. Puis ne put s'empêcher de demander, la bouche pleine :

– Pourquoi, on ne s'assiérait pas sur des chaises ? je commence à avoir des crampes !

– Elles ne doivent pas nous sentir ! Comme ça, nous faisons un avec le sol.

– Ah ! Une vraie chasse au lion !

– Oui, un peu. Taisez-vous, maintenant, la nuit commence à tomber ! C'est l'heure propice ! Chuchota-t-il.

Elle but encore et fut prise d'un fou-rire.

– Qu'est-ce qui vous prend, professeur ?

– Ah, oui ! J'avais oublié que j'étais professeur ! C'est à cause du vin blanc ! Je ne suis pas, mais alors pas du tout habituée. Je suis prof, mais je n'ai pas de sœur ! Prof et sœur !

– Super drôle ! Baissez juste le ton, s'il vous plaît !

– Écoutez-moi ! Je pense que l'on peut améliorer tout le système !

– je n'en doute pas ! La nuit tombe, elles arrivent chuchota-il mystérieusement !

– Bouh ! Vous me faites peur !

– Vous voulez que je vous fasse évacuer ?

– Vous n'en avez pas le pouvoir !

– Pourquoi ça ? C'est mon projet ! Je suis encore le chef !

– Oui, mais c'est moi qui ai la clef.

– La clef ! Quelle clef ?

– La clef de votre problème. Je viens de terminer toutes les équations préliminaires dans ma tête ! Je possède votre projet et son aboutissement !

– Quoi ! Vous plaisantez ?

– Pas encore ! Mais taisons-nous ! Je veux voir comment ça se passe !

« Taisez-vous ! » pensât-il ! Elle jetait une bombe et demandait le silence ! « Elle avait été au bout des équations ! » Il trembla, malgré lui, puis se mit à transpirer.
« Elle avait la clef ! »

Tout-à coup, une immense lumière bleue éclaira leur visage. « Une conscience avait été prise au piège ». Rachel ne put se retenir de se lever. Des larmes coulaient sur ses joues. Jamais elle n'avait vu quelque chose d'aussi beau. C'était comme l'essence d'un être. La lumière bleue était tout-à coup d'une hauteur et d'une brillance sans comparaison avec ce qu'elle était auparavant. Sa taille aussi était extrêmement impressionnante ; Elle était bien de deux à trois mètres, mais comment définir ce mystère, elle était pourtant d'une taille infinie, une forme terminée dont on ne voyait pas la fin. Léa pensa immédiatement qu'elle « vivait » dans plusieurs dimensions en même temps. De plus, elle exhalait toutes les effluves d'une âme. Pourquoi ce savant fou ne le voyait-il pas ? Une âme avait été capturée ! Mais qui était-elle ? Un homme ou une femme ? Un adulte ou un enfant ? La vie brillait devant leurs yeux ébahis.

Rachel était bouleversée. Comment se lier à cette âme venue pour une raison précise ?

   – Comment communiquez-vous avec elles ? demanda Sarah.

   – Par l'infographie. L'ordinateur me renvoie les mouvements et les couleurs des consciences. Lorsque c'est bleu, elle est tranquille. Rouge, en colère et ainsi de suite...

Elle le coupa dans son exposé.

   – Les balbutiements du langage ! Des bribes d'informations avec des âmes qui pourraient vous enseigner des secrets infinis !

   – Personne à ce jour, n'a fait mieux que moi ! affirma-t-il.

   – Formidable ! C'est du genre, lorsque le chien remue la queue, on sait qu'il est contant !

— Vous êtes forte pour critiquer ! rétorqua-t-il, profondément blessé.

— J'ai pour ambition de faire plus que critiquer ! annonçât-elle.

Et sans transition, elle se baissa au pied de la conscience bleue, comme si elle s'agenouillait devant elle, mais c'était en fait pour accéder au socle. Elle tourna les larges manettes de réglage qui étaient aussi de petits cercles. Ces manettes réglaient l'intensité de la projection de l'hélium. Elles dégageaient des flots oxygénés et permettaient d'augmenter la « gaine » d'hélium.

Éric voulu la stopper, mais il avait peur de se rapprocher de la conscience et de la faire fuir.

— Vous allez briser la bulle ! chuchota-t-il irrité.

— Vous n'y êtes pas du tout, expliqua-t-elle sans se répartir de sa détermination. Il n'y a pas de bulle ! L'âme utilise votre artifice pour se dévoiler à nous ! Nous devons l'aider à préciser sa forme !
Et de toutes ses forces, elle tentait de tourner les cercles de réglage.

— Venez m'aider ! cria-t-elle finalement. Je n'ai pas assez de force !

En réalité, il avait bloqué le réglage pour parvenir à la forme qu'il voulait. C'était juste un petit verrou au-dessous du socle. Il pouvait très bien jouer à l'imbécile et la laisser s'épuiser. Mais en même temps, puisqu'elle était si orgueilleuse, autant qu'elle provoque le retrait de la conscience immédiatement et réalise enfin son erreur ! D'ailleurs, c'était certainement l'effet du verre de vin.

– Sous le socle, il y un verrou, avoua-t-il.
– J'aurais dû y penser ! admit-elle. Tout excitée à l'idée de ce qu'elle était en train de réaliser. Elle débloqua le verrou et s'affaira à tourner les manettes. La lumière se transformait à vue d'œil. Elle ondulait, s'élevait, redescendait, s'épaississait, s'amincissait... pour finalement prendre une forme humaine.

Une forme immense d'un homme adulte. La lumière était son corps et son vêtement qui flottait dans le vent. C'était comme s'il était entouré à la fois de tissu et de rubans. Toute cette présence psychologique semblait comme la proue d'un bateau.

Le contact était établi. Il les observait comme on pouvait le faire depuis le ciel. Il n'y avait dans son regard, aucun jugement, mais au contraire une miséricorde extraordinaire pour ces pauvres êtres encore en lutte pour une place, pour l'affirmation d'une idée, d'un obscur concept humain.

Éric et Rachel eurent en cet instant, sans se concerter, une immense honte de leur grief. Devant cet être intemporel, il se virent comme des enfants qui se disputent pour un paquet de bonbons. (Même si cette information leur parvint juste une fraction de seconde, elle intégra dans leur être obtus, une fragilité extrême qui dorénavant ne fournira plus le feu pour le bûcher)

Ce n'était qu'une manipulation sur les manettes et pourtant, il n'avait pas pensé que la cage puisse-être un révélateur. En d'autres termes, que la prison soit une révélation.

Était-ce vraiment par les calculs qu'elle était parvenue à ces conclusions ? Il avait du mal à le croire.

Rachel manipula tous les socles alors que des formes nouvelles rejoignaient la première apparition.
Une après l'autre, les consciences prenaient forme humaine devant les yeux incrédule d'Éric qui avait presque faillit avoir une crise cardiaque. Même s'il leur accordait une mémoire des temps passés, elles n'étaient pour lui qu'énergie spatiale au même titre qu'une météorite échappée d'une planète explosée. Elle ne pouvait pas avoir conservé l'empreinte d'un corps et son dessin linéaire !

Le plus étrange, c'est que sans véritablement voir les traits du visage, on décernait nettement la différence entre les femmes et les hommes.

Les réactions aux vidéos furent instantanées. Du monde entier, des délégations voulurent voir de leurs yeux, ces consciences matérialisées.

Alors que précédemment, Éric faisait transporter les consciences vers son laboratoire, Rachel exigea qu'elles restent à l'endroit de leur « apparition ».

Terme qu'Éric réfutait. « L'endroit de leur capture », insistait-il. Pourtant, il n'eut pas l'autorité nécessaire pour pratiquer l'usage habituel, malgré une nouvelle altercation, qui était plus de forme que de fond, tant il pressentait déjà que cette nouvelle venue avait d'emblée propulsé son travail vers des résultats qui lui échappait totalement.

– Ces âmes doivent rester dans l'endroit de leur choix, expliqua-t-elle.
– C'est moi qui ai choisi cet endroit, et ce ne sont que des consciences, pas des âmes !
– Ce sont des âmes et vous le savez ! Seulement, par amour propre, vous dénigrez l'évidence ! Quant à votre choix, vous avez deviné qu'elles aimeraient un tel endroit. Je ne serais pas surprise qu'elles aient provoqué votre intuition.
– A vous entendre, je n'ai aucun génie scientifique ! Je suis juste un être manipulé !
– Je n'ai jamais dit ça, Professeur Fisher ! Ce que vous avez réalisé est unique ! Si elles vous ont choisi, vous et pas moi ni un autre, c'est que vous jouez un rôle primordial dans cette révélation !

Il la regarda avec admiration et crainte à la fois. Elle avait bouleversé son univers en un seul jour ! Qui était-elle, réellement ? Elle ressemblait à une étudiante mais c'était un mathématicien de génie avec des intuitions fulgurantes.

– Quelle est la suite des événements, selon vous, professeur Grinberg ? Les consciences ont effectivement utilisé mes instruments pour présumer une forme humaine. Mais qui nous certifiera que cette forme leur correspond ? Peut-être que chacune nous ment ? Qui nous prouvera le contraire ?

– Pourquoi nous mentiraient-elles ?

– Mon travail consiste à me poser des questions. Je suppose que votre esprit a influé, influencé le résultat. Je ne voyais qu'énergie, là où vous avez figé une image. Vous tenez absolument à ce que ce soit des âmes ; l'énergie à mutée pour votre bon plaisir !

– En d'autres termes, vous m'accusez de vous imposer ma vision des choses ?

– Je ne vous le fait pas dire ! Et si je pensais différemment, je ne serais pas un physicien de la mécanique quantique mais un simple mathématicien qui ne prend jamais part à la réalité mais l'observe uniquement de l'extérieur !

– Je ne peux pas réfuter votre théorie, vous le savez. Peut-être avez-vous raison ou peut-être pas. Mais vous savez comme moi, que c'est déjà trop tard.

– Pourquoi trop tard, mademoiselle ?

– Parce que c'est le futur qui influence notre présent.

Il la regarda fixement et fit le geste de la viser et de tirer sur son front avec une arme.

– Pourquoi avez-vous fait-ça ? demanda-t-elle, effrayée.

– Si vous le saviez, vous seriez déjà morte.

Il ne rajouta rien et quitta la falaise comme on quitte un futur tronqué que l'on a négligé. Tout en marchant vers sa voiture en touchant ses clefs dans la poche, en se disant que sa jeep était peut-être maintenant une charrette tirée par des ânes, il se demanda, lui aussi, pourquoi il avait mimé le geste de la tuer ? La vitesse augmenta sa fureur et il se dit qu'effectivement, il avait bien envie de la tuer. Ensuite, elle aussi apparaîtrait parmi les... le mot âme s'imposa à lui, pour la première fois, et il se dit qu'il la haïssait en cet instant, comme il n'avait jamais haï personne. Mis-à-part lui-même, peut-être.

Rachel le regarda partir et se sentit soulagé. Elle avait besoin de se retrouver seule avec les âmes, sans avoir à fournir une explication logique de chacune de ses intuitions, de chacune de ses pensées. Pourquoi les hommes d'aujourd'hui étaient si peu enclins à mélanger les genres ? La science et la foi sont des frères d'arme. Son père vivait si bien avec ces deux axiomes de l'être pensant ! Son père, oui. Mais elle aussi avait du mal à se couper de la logique mathématique pour lui préférer la spiritualité tout-à fait illogique.

A cet instant, elle ressentit la puissance des regards qui pesaient sur elle. Les âmes, toutes les âmes la fixait. Elle les observa à son tour et se dit qu'elle glissait dans leur essence, qu'elle plongeait dans leur beauté d'énergie brute. Mais lui disaient-elles quelque chose ? Un son ? Un murmure ? Rien que cette présence magnifique. Peut-être étaient-elles dans un autre monde ou la parole était inutile ?

Des mots vinrent à son esprit comme des carrioles parviennent au village. « Conscience » « intelligence » « esprit-pur » « séparation » « élévation » Mais elle ne sut pas si c'était uniquement son désir de communiquer qui exigeait des mots muets qu'elle inventait en désespoir de cause... ou si ces mots décousus venaient véritablement des âmes de l'espace.

Elle s'interrogea sur cette définition incongrue, « Âmes de l'espace ! ». Quel rapport avec l'espace, ici sur cette falaise ? Ce n'était qu'une idée, une théorie qui laissait penser qu'elles étaient égarées dans l'espace. Elle réfléchit longtemps puis s'endormit.

Elle aurait-été incapable de dire combien de temps elle était restée consciente ou combien de temps elle avait dormi. Toutefois, au petit matin, elle s'éveilla dans la fraîcheur de la rosée qui perlait sur l'herbe fraîche. En levant les yeux, elle constata que les âmes étaient parties. Elle ne s'en inquiéta pas et au contraire, elle trouva que c'était logique. Elles étaient libres de réagir comme bon leur semblait. Elles n'étaient plus astreintes à se comporter comme des prisonnières. Elle trempa ses mains dans la rosée et humecta son visage puis se dirigea à son tour vers sa voiture. Elle savait que la journée qu'elle venait de vivre était éternelle. D'un autre côté, combien de temps avait-elle devant elle pour établir un contact véritable, avant qu'il ne les ramène au laboratoire ? Si elles-y consentaient, bien entendu. Pour l'heure, on en était encore qu'aux balbutiements. Elle ne savait pas comment communiquer avec les âmes, et c'est tout. Il aurait fallu qu'elle soit bien plus spirituelle et bien moins cartésienne.

Mais c'est parce qu'elle était cartésienne qu'elle fit le calcul qu'avec quatre heures de route, elle pouvait y arriver, si elle roulait bien. Elle se sentait incapable de pouvoir trouver une solution à son problème de communication. Elle avait utilisé sa part de réussite. La suite ne dépendait plus d'elle.

Éric s'éveilla sans savoir tout de suite ce qu'il y avait de changé dans son existence, mais il avait dormi d'un trait ; une nuit limpide sans cauchemars ! Il s'ébouriffa les cheveux en pensant à Hardy ou Laurel, il ne savait plus trop, lequel était lequel. Il se sentait bien dans son corps ! C'était si bon ! Il se rappela cette fille et sourit. « Quelle peste, tout de même ! » Mais il savait que c'était grâce à elle qu'il retrouvait le sommeil. Elle a tout de même du bon. En fait, elle avait du cran et c'était la qualité d'un véritable scientifique.

En retrouvant son sommeil, il retrouvait sa largesse d'esprit. « Suis-je bête, se dit-il. Cette fille est une aubaine ! Elle vient me sauver de ce qu'il y a de plus mauvais chez moi ! »

Il ne sût pas immédiatement définir ce qu'il y avait de plus mauvais chez lui mais rien qu'à penser au geste qu'il avait mimé de la tuer avec un pistolet et il comprenait qu'il était un sale type, du genre, peu fréquentable. « Il faut que je me rachète ! »

Pour une autre femme, il aurait suffi d'une invitation au restaurant. Mais celle-là n'aime pas le vin et la grande classe. Un parfum ? Elle risque de penser que je lui trouve une mauvaise odeur. Une montre, peut-être ? Oui, bonne idée !

Une douche, deux œufs au plat avec quelques herbes de Provence et du basilic. Une bonne baguette à la parisienne, voilà ce qu'il lui fallait urgemment, après un bon café. Il passa sa commande à la réception de l'hôtel dans lequel il vivait et s'installa à l'ordinateur, destination sa boite mail. Il découvrit avec un sourire béat, le dossier « professeur Grinberg » envoyé par Cooper. Il fût surpris par la photo qui présentait le dossier. C'était sans doute une photo prise lors d'une cérémonie de mariage familial, parce que la demoiselle était effectivement méconnaissable. Pas étonnant que Cooper l'a traité de veinard. Malheureusement, la réalité était toute autre. C'était comme de croiser une star dans une salle de sport, sans le soutient affectif de Photoshop ; une expérience qui pouvait traumatiser un fan fou amoureux. En bref, sans maquillage, la superbe prof n'était plus qu'une jeune fille anodine. Bien qu'elle ait dit avoir mon âge ! précisât-il pour lui-même. Elle a sûrement un élixir secret. Peut-être le jus d'une fontaine de jouvence cachée dans une bouteille d'eau minérale ? A moins que ce soit uniquement son innocence ? Oui, c'est probable.

Il fit défiler la liste des écoles prestigieuses et des nombreux diplômes dans toutes les zones de la science dite exacte et matérialiste, et découvrit qu'on la comptait tout-à coup parmi les jeunes poulains de la mécanique quantique. « Okay, dit-il. Plutôt brusque revirement ! » Il faudra que je lui demande, pensât-il. Mais quoi d'autre qui fasse d'elle un phénomène de science et d'opiniâtreté ? Rien dans ce dossier bateau.
Il écrivit alors son nom sur Google et découvrit une longue liste de titres, mais on frappait à la porte. Le petit déjeuner était arrivé. Il s'installa de nouveau à la table de l'ordinateur en trempant un morceau de baguette dans le jaune d'œuf tout en regardant éberlué une vidéo sur youtube ou on voyait le professeur Rachel Léa Grinberg battre la championne du monde d'échec. La jeune Grinberg avait tout juste douze ans. Pas mal ! Son père était à ses côtés. Il était très classique, portait un chapeau et une barbe. Il semblait à la fois autoritaire et généreux. Tous deux, lui et l'enfant, se comprenaient en un clin d'œil.

Une autre vidéo attira son attention. La jeune

Léa Rachel est également violoniste. (Il remarqua qu'ils avaient par mégarde inversé son prénom) Elle joue Mendelssohn à la perfection ! Son style est particulièrement passionné. « Eh bien, se dit-il. Je n'aurais pas imaginé ! » « Remarque. A ce qu'il parait, Einstein était violoniste. » Ici, elle avait au moins dix-huit ans. On ne pouvait s'empêcher de l'admirer. Et... oui, elle était extrêmement belle, cette fois. C'était bien ses mêmes traits mais comme libérée par la passion de la musique !

Pendant ce temps-là, Rachel regardait fixement la route. En voiture, elle ne s'autorisait aucune distraction de l'esprit. Elle avait déjà eu un accident à cause d'un problème mathématique qui la tracassait. Le choix d'une voiture aussi petite coïncidait avec ce désir de cloisonner son esprit, tout comme ses lunettes cloisonnaient sa vision.

Comme elle l'avait escompté, quatre heures et dix minutes plus tard, elle était parvenue à destination. Elle descendit de la voiture et ouvrit une porte faites de planches vermoulues envahie par le lierre. Une bouffée de bien être la saisit en retrouvant le jardin où elle avait passé une partie de son adolescence. Le grand chêne, les bouleaux, un platane, un noyer et un figuier ; c'était son palais de vie. Des poules en liberté, se promenaient en caquetant, tandis que de petits cabris noirs et blancs gambadaient et grimpaient sur les rochers recouverts de mousse. Il y avait encore le puit de pierres juxtaposées, un peu plus écroulé, comme

les murs du même granit gris, en partie sur le parterre, qui ne fermaient plus rien et semblaient uniquement là pour compléter l'accent de vérité de ce grand jardin de vie. Rien n'y manquait car tout était à sa place. Elle eut envie de se mettre pieds nus et de courir comme une enfant, comme autrefois, mais la porte de la maison s'ouvrait déjà. Sa sœur jumelle apparut et son visage s'éclaira en la reconnaissant. Elles coururent l'une à la rencontre de l'autre et s'étreignirent en pleurant et riant.
Pendant de longues minutes, elles ne purent rien se dire, tant leur émotion était forte. C'est Léa qui osa la première un mot anodin. « Ça va ? Est-ce que ça va ? »

– Oui, ma chérie, je vais bien. Et toi ? Et lui ?

– Oh ! moi, dit-elle, dans un sourire navré. Ça fait longtemps que j'ai oublié mon bien-être. Mais je savais que tu viendrais et ça, c'est très bien, même si je crois que tu risques de le regretter amèrement, si tu viens pour l'échange.

– Je ne veux pas que tu parles comme ça ! gronda Rachel. Notre décision est prise depuis longtemps, aucune ne sera heureuse sur le compte d'une autre !

– Tu es sûre de toi ?

– Toujours !

Léa éclata de rire et toucha le visage et les mains de sa sœur pour sentir sa présence dans ses mains.

– J'aurais bien besoin d'un bon massage ! avoua Rachel.

– Si tu restes, je te fais même des tresses !

Rentrons vite !

— Tu crois qu'il va me reconnaître ? demanda Rachel.

— C'est moi qu'il ne reconnaît pas ! dit Léa. Il croit toujours que je suis toi !

— Et toi ?

— Moi ? rit elle. Moi aussi, je me prends pour toi ! D'ailleurs, tu es en avance !

— Oui, de trois jours. Mais on doit prendre mes empruntes pour ouvrir les portes du palais scientifique où je travaille. Alors, soit tu me remplace aujourd'hui ou demain, soit c'est fichu pour les échanges. Et puis, j'avoue ma défaite, je ne suis pas aussi spirituelle que toi !

— Tu es toujours d'accord ? Tu vas te priver pour moi ?

— C'est un pacte entre nous ! Aucune ne se sacrifie pour l'autre ! De toute façon, on se complète, non ? Toi, l'artiste et moi la scientifique ! En plus de ça, j'ai besoin de passer du temps avec notre père, moi aussi !

— Oui ; tu lui as manqué !

— Ah, bon ! s'étonna Rachel. Tu viens de me dire qu'il te prend pour moi !

— Oui. Non. Ça dépend des jours, de ses états de conscience.

— A propos de conscience, il faut que je t'explique beaucoup de choses.

Elles avaient parlé de tout-ça devant la porte. Au moment de rentrer, Léa se retourna vers Rachel.

— Mais alors, comment tu es rentré dans ton

palais sans avoir transmis tes empruntes ?

— Grand-mère, dit-elle.

— Elle t'est encore apparue ?

— Elle est juste venue m'ouvrir la porte et je ne l'ai reconnue que la seconde fois où je l'ai vu.

— Elle est toujours aussi belle que sur les photos ?

— Oui, la grande classe !

— Une femme de caractère ! Précisa Léa en ouvrant la porte de la petite maison de campagne qu'elles n'avaient jamais quitté que provisoirement.

Il s'habilla avec soin et descendit dans l'hôtel où il devait rencontrer Cooper. Comme à son habitude, ce dernier était en avance, ce qui lui permettait d'être maître de la situation. Il était celui qui attendait ; on ne pouvait pas lui faire de reproche.
L'atmosphère était agréable. Des sonorité jazz et un parfum de richesse que chacun essayait de rendre naturel.

— j'aime la richesse, avoua Cooper, parce qu'elle me permet de me sentir vivant.

— c'est une façon de voir les choses, répliqua Éric en prenant place sur un fauteuil qui donnait l'impression d'être couché. Éric n'aimait pas être renversé en arrière devant de parfait inconnu qui allait et venait. Il se sentait trop fragilisé. Il installa donc un second coussin pour se redresser mais n'y parvenant pas, il alla se chercher une chaise et se sentit mieux.

– Mais détend toi, Éric, mon frère !

– Ils n'ont qu'à installer des lits comme les romains de l'antiquité !

– Oh ! Ça va ! Ce que tu es vieux-jeu !

– On peut se détendre sur une chaise et dormir dans un lit !

– Viens, on s'assied au bar ! Proposa Cooper, mi agacé, mi amusé.

Ils commandèrent deux bourbons qu'on leur servit avec des olives.

– Alors ? Questionna Éric. C'est quoi la bonne nouvelle ?

– Tous nos budgets sont triplés, coté officiel, et coté officieux, portefeuille illimité !

– Quoi ! D'un seul coup ?

– Vous avez fait très fort, cette nuit, il paraît ! Je n'ai pas encore vu les vidéos, mais c'est du jamais vu à ce qu'ils disent !

– Oui. J'admets.

– C'est quoi le secret ? La fille ?

– En effet. C'est grâce à elle.

– Alors ? Vous avez fait quoi ?

– On a donné une forme humaine à nos consciences, expliqua sobrement Éric.

– Une forme humaine ! répéta-t-il. Mais ! Et la cage d'Hélium ?

– Il n'y a plus de cage. Pour tout dire, il n'y a jamais eu de cage.

– Tu plaisante ou quoi, Éric ? C'est tout ton spich, la capture des consciences égarés dans l'espace !

- Je sais bien mais Grinberg n'était pas d'accord.

- Elle n'était pas d'accord ! Dès la première journée de travail ! Ben, dit donc !

- Je ne lui reproche rien ! précisa Éric. Les femmes sont sensibles, dit-il pour la défendre.

- Celle-là est costaud, en tout cas ! Bouleverser un projet, dès le premier jour ! C'est du jamais vu ! Mais, dis-moi ? C'est quoi, les formes humaines ? Quoi ? Des hommes, des femmes, avec des yeux, des pieds ?

- C'est magnifique ! C'est grandiose ! Elles sont géantes en plus ! Plusieurs mètres de hauteur ! Trois quatre mètres et une impression d'infini à proximité de nous ! Comme si l'espace tout entier, les atomes, les particules, toutes les possibilités se résumaient dans des êtres !

- Des êtres ? Tu dis, des êtres ? Toi ! Éric Fisher l'incorruptible scientifique ! D'habitude, tu dis des quarks, des consciences ! Mais pas des êtres !

- C'est difficile de parler autrement.

Il était heureux et libéré de parler comme ça, tout-à-coup. Comme si toutes ses défenses venaient de tomber brusquement, en une nuit.

- Dis donc, elle a fait du bon travail la jeune professeure !

- C'est une bosseuse, en effet !

- Je veux dire, sur toi !

- Moi ? Quoi, moi ? Quel rapport ?

- Tu es différent, mon vieux.

- Tu trouves ?

– Ta tête est transformée !

– Ah, bon ! dit-il en se regardant dans le miroir qui lui faisait face.

– Désirez-vous autre chose ? demanda la jeune fille derrière le comptoir.

– Du bonheur ! Vous en avez ? répondit Cooper.

– Si un autre bourbon vous procure du bonheur ! Je vous ressers ?

– Drôle de tournure de phrase ! s'étonna Cooper. Ok pour un second verre. Tu as l'air reposé, Éric. Qu'est-ce qui t'a fait ça ?

– J'ai dormis, cette nuit ! Et même, hier dans l'après-midi, j'ai dormi ! Je n'en reviens pas ! Je n'arrivais plus à dormir, j'étais oppressé, attaqué, torturé !

– Calme toi, sinon, je commande du champagne !

– Vous voulez du champagne ? demanda la jeune fille en servant le bourbon.

– Vous êtes sacrément opportuniste, vous ! répondit Cooper. Ils ont bien fait de vous engager !

– Si vous avez des sushis et du saumon, je veux bien, demanda Éric.

– Voyez comment le bonheur met en appétit ! s'écria Cooper.

Rachel retrouvait la maison, son odeur. Elle tenait encore la main de sa sœur.

– C'est bon, d'être ici avec toi, dit-elle dans

un souffle.
Elle ne put s'empêcher de sangloter. Sa sœur la pris dans ses bras.

– Je ne sais même plus pourquoi j'ai quitté tout ça ! avoua-t-elle.

– Tu es partie construire ta vie, expliqua sa sœur. Ce n'est pas rien ! C'est louable ! C'est courageux ! Je suis fière de toi et notre père aussi !

– Il te l'a dit ?

– Bien sûr ! On en a souvent discuté.

– Ah bon ! Avant qu'il ne se taise ?

– Oui. Et après, c'est moi qui ai parlé pour deux. Tu veux le voir ou non ?

– J'ai un peu peur de le voir comme ça. Je l'ai toujours connu en pleine activité !

– Ce n'est pas une régression, ma sœur. Il est encore plus élevé qu'auparavant. Sauf, que là, il est dans une autre dimension.

– Est-ce qu'il mange normalement ?

– Très peu. Mais il apprécie lorsque c'est bon.

– Aïe !

– Quoi ?

– Je ne cuisine pas aussi bien que toi !

– Eh bien, tu regardes sur Youtube et tu apprends !

– Tu as fait ça, toi ?

– Bien sûr ! On y va ?

Rachel fit oui de la tête et lui ouvrit la porte de la chambre de son père.

Il était assis sur une chaise, la tête levée vers le firmament. Une partie du plafond avait été ôtée pour lui permettre d'être directement sous le ciel. Ce qui avait eu pour effet de faire s'écrouler une partie du toit et du mur, mais ces détails donnaient encore plus de réalité à cette intention. Comme dans la vidéo de la compétition d'échec, il avait un chapeau d'une autre époque qu'il semblait vouloir garder sur la tête même dans son intimité.

Il ne tourna pas la tête vers elles. Il bougea à peine un doigt.

    – Il est très heureux que tu sois là !
    – Tu as compris ça de ce geste ?
    – Je vais t'apprendre, c'est facile, tu verras !
    – Je peux rester seule avec lui ? demanda Rachel.
    – Bien sûr !

Elle sortit précipitamment et Rachel regretta déjà de se trouver seule avec ce père qu'elle aimait et craignait en même temps. A moins que ce soit juste, la peur de lui déplaire.

Il fit un geste presque imperceptible de la main, et elle pensa qu'il voulait qu'elle se rapproche de lui, ce qu'elle fit.

    – Me voilà, ! dit-elle. Je suis revenue.

Comme il ne réagit pas, elle continua à parler, en se disant que c'était ce que sa sœur devait faire dans une situation semblable.

    – Tu m'a beaucoup manqué, tu sais ? Je crois que je peux difficilement vivre loin de toi. Ce n'est

peut-être pas le cas de toutes les filles, mais moi, en tous cas, c'est comme ça. Voilà, je te l'ai dit...Ouf !
Cet aveu lui avait pris beaucoup d'énergie. Elle était épuisée mais libérée. À cet instant, alors qu'elle s'apprêtait à le laisser à son mutisme et à sa contemplation secrète, il lui prit la main et la serra sans force, avec tendresse. Elle fondit en larme et se blottit dans ses bras.
Elle se releva, les yeux mouillés. Qu'était-il donc arrivé à son père ? Lui qui était si actif ! Il semblait un roc indestructible, et le voilà comme un objet immobile, agrippé à son silence !

Sa sœur l'attendait avec un air inquiet.
– J'ai un peu de peine de le laisser seul.
– Avec moi, tu veux dire ?
– Oui. Et si tu ne le comprends pas ?
– Je vais faire de mon mieux. Rassure-moi juste : tu ne l'accompagne pas aux toilettes ?
– Ah, non, ça, il se débrouille seul.
– Mais comment fait-il, puisqu'il ne bouge plus de sa chaise ?
– Entre nous, je crois qu'il se déplace le matin très tôt et dans la nuit, J'entends des bruits de chaise déplacées dès que je suis couchée. De plus, il est toujours propre sur lui, lavé, parfumé. Mais ensuite, il reprend cette position, les yeux levés au ciel. Est-ce que tu crois qu'il regrette de ne pas avoir été un juif pieux ?
– Tu crois que ça le tracasse aujourd'hui ? s'étonna Rachel. Il nous a toujours affirmé qu'il

était relié au ciel à sa manière à lui. Au-delà de toute religion.

Léa sembla perplexe. Elle n'avait jamais vraiment réfléchi à ça.

– Ah ! je ne comprendrais jamais ce Papouchka, conclut Léa. Mais l'important, c'est que tu sois là ! Tu restes dormir ?

– Oui. Et demain, c'est toi qui pars pour le vaste monde !

– Oh là là ! Quelle émotion ! Mais, mais ! s'inquiéta-t-elle, subitement, je n'ai rien à me mettre !

– Oh, franchement, si tu prends ma place, il ne vaut mieux pas que tu ne sois pas trop sophistiquée !

– Non mais ! toi, franchement, tu ne me facilite pas la tâche ! gronda-t-elle. Tu t'habille comme une lycéenne de séminaire de jeunes filles mormons ou un truc comme ça, qui pensent que la mode est une diablerie dangereuse !

– Spaciba, Mamoushka ! Tu es plus belle que moi ! C'est tout ! Tu as plus de charme, tu sais t'habiller, te maquiller ! Et moi, en échange, j'additionne des chiffres !

– Tu plaisante ? On a exactement la même figure, trait pour trait ! Et le même corps, aussi.

– Alors, je me dis que je ne suis pas si mal, quand je te vois. Même si le professeur Éric Fisher m'a affirmé que je m'habillais comme sa grand-mère les jours de pluie !

Léa éclata de rire.

– Il a du bon sens, ce gars !
– Tu vas travailler avec lui, alors, il faut que tu te prépares à son sale caractère !
– Vu ce que je vis ici, il peut toujours s'accrocher pour me décevoir. C'est ton chef ?
– Pas exactement. Il faut que je t'explique tous les détails. L'endroit où tu vas habiter à San Francisco est très cool et je te transmets aussi ma carte bleue, pour que tu ne manques de rien. À partir de demain, tu es riche d'ailleurs !
– Je suis riche ! S'étonna Léa. Tu veux dire que je peux m'acheter les habits que je veux ?
– Tu vas être payée de tes années de servitude ! Te connaissant, j'ai quand même mis de côté quelques économies mais, si tu tiens bien ton rôle, tu auras une paye royale, tous les mois et tu pourras manger du saumon et même boire du champagne tous les jours, si tu veux !
– Je vais te dire, un secret. Dans ces longs moments de solitude, il m'est arrivé de goûter aux bouteilles cachées de notre père, et je suis étonnée de constater que je tiens bien l'alcool.
– Tu n'es pas devenue alcoolique, au moins ?
– Non ! Quelle horreur ! Quelle bassesse ! Pour qui tu me prend ?
– C'était juste pour calmer ta conscience éprouvée ?
– Exactement ! Comment tu sais ça ?
– Je me spécialise dans les consciences, les derniers temps ! Le professeur Fisher m'a même donné du vin blanc pour faire taire ma con-

science !

– Oh là, là ! Raconte !

– On mange un petit truc avant ?

– Je vais faire une omelette aux pommes de terre du jardin, avec des œufs frais du poulailler.

– Le top !

– C'est ce qu'il y a, de toute façon.

– Pour toi, c'est le quotidien, pour moi, c'est toute mon enfance ressurgit, ici, en Amérique !

– Dis, Rachel. Tu crois que c'est bien de continuer comme ça ?

– Tu veux dire, nous ?

– Oui. D'être l'unique fille de notre père. Léa-Rachel et Rachel-Léa. À un moment, ça risque de nous gâcher la vie. Pour se marier par exemple.

– Disons que dans le contexte où notre histoire est née, dans la Russie contre révolutionnaire, c'était légitime, expliqua Rachel.

– Mais aujourd'hui, aux USA, ça devient un peu, un truc louche, fit remarquer Léa en faisant une grimace.

– Oui, j'ai réfléchi à ça, aussi. Mais on ne peut pas abandonner notre père et aller contre sa volonté, sous prétexte qu'il est malade.

– Justement, puisqu'il décroche de la réalité. Il faut bien que nous reprenions notre vie en main, un certain moment !

– Il n'a pas dû penser à ça, le pauvre ! Il s'est toujours cru indestructible.

– En Russie, de nombreuses familles juives

n'ont pas déclaré leurs enfants pour ne pas les assujettir au partit, admis Léa, comme pour excuser son père. (Elle tremblait d'avoir été un peu trop catégorique.)

— Ceux qui ont fait ça, l'on fait pour rester fidèles aux traditions juives ancestrales ! défendis Rachel.

— Sauf que notre père était un grand savant respecté du gouvernement, précisa Léa.

— D'avoir des jumelles lui a permis de voir loin ? proposa Rachel.

Elles pouffèrent de rire, toutes les deux. Puis Léa s'affaira à la cuisine, tandis que Rachel lui expliquait son nouveau mode de vie.

Pendant ce temps-là, lorsque Éric se rendit au laboratoire avec l'espoir secret de donner, lui-même, une forme à « ses consciences », Il fut malheureusement surpris de découvrir que toutes les consciences avaient disparues. Où étaient-elles passées ? Comment avaient-elles pu se libérer toutes seules ? La panique le gagna, il ne savait plus quoi faire. Il fallait alerter le monde entier !

Il courut vers la sécurité mais se ravisa en chemin, pris soudainement de bon sens, et se dit que s'il avait perdu les consciences, il avait tout perdu. Tout cet édifice ne servait plus à rien. Le gardien qui l'avait vu se précipiter puis s'arrêter soudainement, le regarda surpris.

— Quelque chose ne va pas, professeur ?

— Non, non, tout va bien, mentit Éric. J'avais

oublié une équation essentielle ; je viens de me la remémorer.

– Heureusement que vous avez pu la rattraper ! fit le gardien en se moquant avec suspicion, en pensant qu'il se passait vraiment de drôles de choses dans ce bâtiment.

Éric se félicita que l'on n'ait pas installé des caméras à l'intérieur de la salle des consciences, et comme depuis la vitre d'observation, on ne voyait pas grand-chose, en journée, comme lui avait dit Grinberg, la perte des consciences restait encore secrète.

« Grinberg ! » pensât-il. Elle devait-être au courant. Il l'imagina en fuite avec les consciences sur d'autres supports techniques en route pour d'autres laboratoires ! Ce qu'il était naïf ! Il avait marché au jeu de la jeune savante innocente !

Il quitta le complexe, sortit son portable et s'aperçut qu'il n'avait pas son numéro. Il fallait recontacter Cooper et obtenir les coordonnées de l'intrigante. En attendant, il fallait vérifier si les consciences révélées cette nuits étaient encore là. Pourtant, à peine monté dans sa jeep, c'est Cooper qui l'appelait.

– Éric ! hurla-t-il. Qu'est-ce qui se passe ?

– Quoi ? demanda Eric, la gorge nouée.

– Je suis avec une délégation internationale sur le site de la falaise. Ils voulaient voir tes consciences à forme humaine et il n'y a personne ici ! Que des bagues vides devants l'océan !

– Pas de panique, dis-leur que c'est normal !
– Normal ! Tu m'as expliqué que tu ne les avais pas transférés au labo ! Alors quoi ? Vous les avez transférés où ? Sur l'île de Pacques !

– Écoute, je ne peux pas tout t'expliquer, immédiatement ! Donne-moi le téléphone de Grinberg !

– Éric ! Rugit Cooper. Si tu as gaffé avec les consciences, on finira en prison tous les deux !

– N'exagère pas !

– Je dis quoi aux russes, aux japonais, aux français ?

– Gagne du temps, j'arrive ! Dis-leur que c'est normal, de ne rien voir la journée.

– C'est la fille qui nous a roulée ! réalisa Cooper.

– Je ne sais pas exactement, je dois vérifier avec elle. Tu sais où elle habite ?

– Je n'en sais rien du tout ! Avoua Cooper. Quelque part dans le quartier russe de San Francisco ! Elle n'a même pas enregistré ses empruntes pour l'ouverture du dossier !

– Elle n'a pas enregistrée ses empruntes ! murmura Éric éberlué. Mais comment elle a ouvert les portes alors ?

– Tu dis quoi ? Pourquoi tu parles dans ta barbe ? Vous me cachez quelque chose, tous les deux ?

– Pas encore ! dit machinalement Éric à cours d'explication. Je l'appelle et je t'explique tout. Attendez-moi, j'arrive !

Il raccrocha et fit le numéro de Rachel.

Elle n'avait pas envie de lui répondre. Elle était avec sa sœur qu'elle n'avait pas revue depuis des années. Elle ne voulait pas qu'il gâche ce moment avec son mauvais caractère. Aussi, lui dit-elle seulement un message :
« Désolé de ne pas répondre, je suis chez mon père qui est malade. Si vous cherchez les consciences, pas de soucis, elles devraient revenir d'elles-mêmes, cette nuit. J'ai dormi sur le site, et au petit matin, elles n'étaient plus là. J'en ais déduit qu'elles allaient et venaient comme elles le désirent, désormais. Ce soir, elles reviennent, je suppose. » « Vous êtes sûre de vous ? » demanda-t-il en soufflant de soulagement. « J'en suis presque sûre » avoua-t-elle. « Très bien, merci » écrivit-il avec une main tremblante. « Vous venez sur le site ? » rajouta-t-il. « Non, je dois rester avec mon père. Demain sans faute. »
Elle était contente de n'avoir pas menti dans son message. Le pauvre devait-être en panique.

– Tout va bien ? s'inquiéta Léa, en lui voyant une mine inquiète.

– Ce qui est bien, c'est d'être avec ma sœur jumelle, dit-elle, en la reprenant dans ses bras. Tu sais que, quand je te sers, là, j'ai l'impression étrange de me serrer moi-même ?

– C'est pareil pour moi. Alors ? Pourquoi on le fait ? Pour faire comme les autres ? Pour éprouver cette impression des retrouvailles après la séparation ?

– Peut-être... D'avoir partagé la même poche dans le ventre de notre mère, nous a relié pour toujours malgré la distance et le temps...

– C'est une question ?

– Bien sûr que non, Léa !

– Je pourrais te dire à quelle date, exactement tu as été bouleversée, très heureuse, accaparée, effrayée. J'ai ressenti tout dans mon être. Et là, regarde : C'est lorsque tu t'es brûlée avec du café, ça a marqué mon bras aussi !

Rachel lui montra son bras. Elles avaient la même brûlure.

Éric arriva sur le site et rassura tout le monde, en leur expliquant que dans la journée, il n'y avait rien à voir, tandis que la lumière brillait de toute son ampleur. C'est dans l'obscurité qu'elles apparaissent. Il les convia à comprendre la technique mise en place. Chacun se rapprocha des capteurs. Il leurs expliqua comment, en modulant simplement le flux de l'hélium, ils avaient réussi à dévoiler les formes des consciences. Il exprima la surprise et l'émotion que fut la sienne en découvrant ces entités immenses. Pour finir son exposé, il les invita tous dans son restaurant préféré, au bord de mer.

Cette même nuit, lorsqu'ils revinrent sur la falaise, les consciences revinrent les unes après les autres à la grande admiration des délégués de tous les pays associés financièrement au projet.

Il envoya un simple message au professeur Grinberg, remonté dans son estime : « elles sont bien revenues » « merci ». « J'en suis très heureuse » répondit-elle.

Cette nuit-là, chacune dans leurs lits de jeune fille, les deux sœurs se racontèrent des sentiments secrets qu'elles avaient eus en commun, à des kilomètres de distance. Elles se disaient que c'était la dernière soirée en tête à tête avant longtemps, et elles faisaient le point sur ce lien indivisible qui les rattachaient au-delà de la raison.

Le lendemain, Léa reçut tous les éléments qui lui permettraient de se fondre, en lieu et place de sa sœur. Il fût aussi convenu que les deux filles portent en permanence une oreillette pour que Léa puisse recevoir les instructions de Rachel en rapport avec son métier de chercheur scientifique.

Ça avait l'air d'être possible et comme à l'époque de leur enfance ou de leur adolescence, l'une allait remplacer l'autre dans la vie sociale de l'école primaire puis du lycée, tandis que la seconde resterait cachée à la maison.

Pourtant, alors que Léa s'asseyait tout excitée au volant de la petite Fiat, Rachel avait un pincement au cœur à l'idée qu'elle laissait sa vie derrière elle. Rien ne l'obligeait aujourd'hui à se sacrifier pour donner un peu de vie à sa sœur assoiffée d'existence. Mais elle le faisait parce qu'elle savait ce que c'était de rêver.

La voiture avait disparue sur le chemin. Elle devait maintenant rentrer et s'occuper d'un père qui n'était plus que l'ombre de lui-même. Cet homme qui avait dirigé leur vie, pas à pas, avec ses obsessions, sa tyrannie positive ; celle d'un homme démesuré ! Cet homme immense n'était plus qu'une forme prostrée.

Elle rentra dans la maison avec un sentiment de solitude effroyable, ouvrit la porte de la chambre de son père et fût si touchée par ce spectacle d'un roi éteint, qu'elle s'avança vers lui comme une moribonde. Il ne bougeait pas. Ne remuait pas même un doigt, cette fois ci, et ne se retournait pas plus vers le son de ses pas. Peut-être ne la savait-il pas là, à ses côtés ? Des larmes coulèrent de ses yeux incrédules. Qui était cet homme ? Il ne pouvait pas être son père, ce savant passionné de vie, de voyage, de découverte !

Elle aurait voulu le secouer mais sa pitié était si forte qu'elle se sentait éteinte aussi. Alors gauchement, au ralenti, comme dans un vieux rêve en noir et blanc, elle s'accroupit et le prit dans ses bras amoureux. Pour le sentir, pour communiquer, pour ne pas être seule. Pour ne pas revivre l'absence de sa mère partie si tragiquement.

– Père, mon père. Je t'aime et je t'aimerais toujours.

Elle avait mis dans cette phrase toute sa vie, toute leur vie, depuis son enfance jusqu'à ce jour. Elle savait que Léa devait ressentir son émotion, à des

centaines de mètres de distance. Mais lui ? Que ressentait-il ? Que pensait-il ?
À sa grande surprise, subitement, il lui frotta le dos comme il le faisait toujours autrefois, lorsqu'elle venait pleurer dans ses bras, pour la consoler des bobos de la vie. Elle le sentit bouger vers elle et elle sursauta lorsqu'il lui murmura à l'oreille : « Ne t'inquiète pas, Rachel, je ne vais pas si mal que tu crois. »
Elle se redressa pour le regarder, il souriait d'un sourire malicieux.

– Quoi ! dit-elle éberluée. Tu jouais la comédie ?

– C'est tant mieux, non ? À moins que tu préfères que je sois réellement malade ou demeuré ? En résumé, c'est pour ta sœur, que j'ai fait ça. Et pour toi aussi, en définitive. Allez pousses-toi que je me lève normalement ! Me suis attrapé des crampes à faire le mime !

Elle n'eut pas la force d'un murmure, tant elle était choquée qu'il ait pu les tromper sans scrupules.

– Mais pourquoi Papouchka ? demanda-t-elle incrédule.

– Chut, dit-il. Ne sois pas si surprise, si émut ! Elle ne doit pas entendre que nous discutons, elle le prendrait très mal. Et je sais qu'elle peut ressentir ton émotion. Elle a fait tant d'effort, la pauvre, pour communiquer avec moi. Et ne m'appelle pas comme ça, ça me rappelle trop la Russie !

– Mais pourquoi feindre le silence ?

– Ma fille chérie, tu ne peux pas tout comprendre, tu sais bien !

– Oui, je sais, je comprendrais quand je serais plus grande ! Eh bien, je suis grande, figure-toi ! On m'appelle même professeur Grinberg !

– Ouah ! Je suis impressionné ! feignit-il. Je vais tout te raconter mais laisse-moi me dégourdir un peu les membres ; m'étirer. Dès que ta sœur aura rejoint les consciences à ta place, tu saisiras l'importance de ma petite comédie.

– Tu es au courant, pour les consciences ?

– Promets-moi, de ne pas révéler mon secret à ta sœur ! Et enlève cette oreillette pour l'instant. Elle a besoin de découvrir seule, de s'extasier. Elle est un peu sotte, tu t'en es aperçue, je pense.

– Elle est si dévouée ! Et elle est brillante dans son univers à elle. Elle n'est pas très cartésienne mais elle a autre chose que nous n'avons pas tous les deux, ni toi ni moi. Je ne comprends pas que tu lui cause tant de soucis !

– Oui, sans doute. Je sais de qui elle tient, d'ailleurs. En tout cas, saches que c'est pour votre bien, que j'ai feins l'état régressif, léthargique ! et ne crois pas que ça n'a pas été difficile pour moi de jouer la poupée d'argile !

Elle s'était éloignée de lui et l'observait s'étirer en fronçant les sourcils. Cet homme ne changerait donc jamais ?

– Alors, elle prend ta place dans la société des menteurs et des trompeurs ? annonça-t-il, en prétextant une question présumée.

— Encore avec tes préjugés ? Ce ne sont pas tous des menteurs !

— Oui, j'exagère, seulement quatre-vingts dix pour cent ! Et tu n'as pas peur qu'elle devienne une vulgaire actrice ou pire, une nébuleuse chanteuse ? Est-ce que oui ou non, tu es heureuse de retrouver ton vieux père ?

— Bien sûr que oui, mais...

— Mais quoi, Rachel ? La vie ! Il n'y a rien d'autre ! Rien de vrai à part ça !

Il se tapa sur la poitrine pour illustrer son propos.

— Respirer, ma fille ! Respirer encore un jour, encore une heure !

— Ce que l'on fait de sa respiration, c'est important aussi ! Les devoirs que l'on a envers les autres !

— Les devoirs ! Foutaise ! On fait ce qu'il nous plaît ! Et si tu restes avec moi par devoir, par acquis de conscience, dégage d'ici ! Tu vois bien que je n'ai besoin de personne !

Il alla jusqu'au congélateur et en sortit une bouteille de vodka. Pris du frigo du hareng dans une boite et les posa sur une table. Sortit d'un petit meuble, deux assiettes, deux verres, et une miche de pain qu'il déposa sur la table. Elle, de son coté, était ébahie, choquée, furieuse, blessée !

— Pourquoi tu mets la table pour deux ? Tu crois que je veux boire de la vodka avec toi ? Après que tu m'aie dit de disparaître !

— Tu préfères boire du vin avec ce Fichovitch que manger du hareng avec ton père ?

– Comment sais-tu que j'ai bu avec le docteur Ficher ?

– Assieds-toi ! On va discuter entre homme ! Enfin, si tu veux savoir le pourquoi du comment, professeur Grinberg.

– Je crois plutôt que je vais te quitter pour toujours ! Envoie-moi, juste un mot, la veille de ta mort, si tu en a la force !

Elle claqua la porte et sortit dans la cour. Il fallait qu'elle parte, loin de ce méchant bonhomme ! Est-ce qu'il les avait seulement aimés, un seul jour ? Une seule heure ? Mais elle réalisa qu'elle n'avait plus de voiture et qu'ils étaient loin de toute habitation, loin de toute civilisation. Entourés de forêts et de rivières. Il y avait des ours, des pumas aux alentours. Des loups aussi. Étaient-ils plus dangereux que cet homme des glaces ?

Elle se demanda tout-à-coup, d'où il tenait toutes ses informations ?

Elle rentra au bout de dix minutes, en traînant les pieds. Lui était assis au cœur de la petite pièce, mangeant de bonne humeur son hareng. Face à lui, sur la table, une boite était posée sur l'assiette qui lui était destiné.

– Je suis content que tu sois revenue, ma fille chérie. Tu sais bien que tu es ma fille préférée, non ?

– C'est quoi cette boite ?

– Un cadeau pour toi.

– Un cadeau ! dit-elle, en voyant ses défenses tomber d'un seul coup.

– Oui. C'est mon âme, si tu la veux. C'est pour toi.

Elle ne dit, plus rien, fronça encore les sourcils, pour la forme, et ouvrit la boite de carton. Elle contenait une centaine d'enveloppes. Elle les regarda incrédule. Sur chacune, il était écrit une déclaration, une adresse d'amour : « à ma fille d'amour » « à mon cœur » « à ma vie » « à mon bonheur ». Elle était incrédule. Des larmes coulèrent de ses yeux. Elle le regarda, tellement égarée dans ses sentiments. Lui aussi avait les yeux humides, même s'il souriait discrètement.

– Tu ne m'a jamais dit ces mots ! murmura-t-elle.

– C'est que j'ai le même caractère pourri que toi. Je suis trop fier. Trop bête, sûrement. Et puis, j'ai trop peur de me ramollir. J'ai horreur des mous, des faibles ! Ça doit venir du pays de glace où je suis né. Où nous sommes nés. Un pays qui refuse les faibles !

– Mais l'Amérique est différente !

– Tu crois ? J'admets l'idée que c'est une force positive qui fulmine sous ce drapeau, mais, on se bat aussi pour sa place au soleil et l'on est son propre bourreau pour faire son trou dans une vie de fluctuations dangereuses. Comme en Russie, le respect s'obtient par le pouvoir. Sauf qu'ici, le pouvoir est appelé dollars. Si tu n'es pas rentable pour la société des loups, si tu n'acceptes pas le système, tu meures...

Il avait dit tout ça mais, après-coup, il se sentait

gêné. Pourquoi avait-il mélangé du fiel à ses paroles. On parlait toujours trop. Il était conscient qu'ils vivaient mieux en Amérique. Il ne pouvait le nier.

– S'il te plais, ma fille, ne lis pas ces lettres devant moi. Attend d'être dans ta chambre, d'abord ; je serais trop gêné.

– Comme tu veux.

– Très bien ! conclu-t-il, puisque tu restes, nous devons discuter. Mets de côté cette boite et mange un bout.

Elle se saisit de la boite comme d'un trésor et se dirigea vers sa chambre. Elle en ressortie, immédiatement, referma la porte à clef, et mis la clef dans la poche de sa jupe en jeans.

– Tu as peur que je te la reprenne ? demanda-t-il en riant.

– Un moment de tendresse est si vite passé, Dr Grinberg.

Elle prit sa place à table et y découvrit un échiquier.

– Il est un peu tôt pour du hareng et de la vodka, non ?

– Les pièces noires pour toi. Les blanches pour moi ! Annonça-t-il. Que veux-tu que je te dise, c'est la Russie populaire qui persiste et charme encore ma mémoire. Je n'ai jamais apprécié le caviar et le champagne des palais de Pétersbourg. *Il avança sa première pièce.*

– Tu ne dis pas Saint-Pétersbourg ? *Elle se plaça en analysant le chemin tactique à parcourir pour atteindre ses faiblesses. Elle l'avait remportée autrefois contre la championne du monde, mais c'était lui qui l'avait préparé.*

— Ce Peter était intelligent, puissant, mais ce n'était sûrement pas un saint homme. Je n'ai pas le cœur à canoniser les bourreaux. Est-ce que les français ont une ville qu'ils appellent, Saint-Napoléon ?

— Très bien, professeur. C'est quoi le plan de la journée ?

— Les quatre vérités sans faux-semblants. C'est bon pour toi ? *Il exila sa tour.*

— J'achète ! dit-elle surexcitée *en contrecarrant sa tour par l'avancée d'un simple pion.* Premièrement, explique-moi pourquoi tu as joué la comédie du vieux rabougris ?

— Non, non, tu commences par la fin ! Objectât-il, *en changeant sa tactique. La tour n'était qu'un leurre pour lui permettre de mettre en place une véritable offensive avec sa reine.*

— Très bien, professeur, dit-elle, admirative. D'habitude on préserve sa reine, on ne la joue pas dès les premières minutes. Pourquoi n'avoir déclaré qu'une de vos filles et non les deux à l'état civil de Russie ?

— Bonne question. Ça, c'est le début ! Tout au moins pour vous. La réponse est que si je vous déclarais toutes les deux, je vous transformais en rat de laboratoire.

— Quel rapport ? *Il lui mangeât trois pièces.*

— Sais-tu sur quel projet scientifique je travaillais ? *Il attendait de voir sa tactique de défense, sans laquelle elle était déjà en échec.*

– Non. Je n'ai jamais su. C'était secret, si je me rappelle bien. *Elle l'attaqua là où il n'attendait pas et lui ravit deux pièces à son tour, dont l'une des deux était sa reine.*

– En effet. Très secret, même. Le jeu devenait intéressant. Sa fille avait du génie, elle était admirable.

Il n'utilisait pas de fourchette et prenais directement le morceau de hareng dans l'huile avec son pain. *Il mangea un morceau avant de répliquer en diagonale.*

– Nous travaillions sur le projet « jumeaux ». Elle voulue l'interrompre et contrecarrer immédiatement son avancée mais il la stoppa d'un geste de la main. Il avala une rasade de vodka et avec un regard dur, lui dit :

– On expérimentait la force télépathique des jumeaux afin de tester leur aptitude dans l'espionnage militaire. *Elle sentit que le moment d'utiliser son cavalier était enfin arrivé, que c'était la meilleure tactique et qu'il ne pouvait que contrecarrer en perdant son roi, ensuite elle parviendrait sans peine à le mettre en échec.* Malgré son obsession pour remporter cette partie d'échec, elle resta bouche-bée. Dire qu'elle était touchée par le sujet était peu. *Elle calcula automatiquement toutes ses possibilités et compris qu'il avait prévu ses principes de construction mentales.*

– Seuls les jumeaux, nés dans une même

poche, filles ou garçons, étaient dignes d'intérêt. Des jumeaux...

– Comme nous, continuât-elle. C'était pour ça ! dit-elle, effarée.

– Oui. Voilà, conclut-il *en lui mangeant son cavalier qu'elle venait de placer au meilleur endroit. Sauf qu'il l'attendait sans surprise.*
Elle plissa des yeux et le fixa en retour aussi durement. Il crut revoir le reflet de son propre visage. Elle se demanda un instant s'il n'avait pas une faculté cachée pour lire dans ses pensées.

– Tu nous as fait passer toutes les douanes, monter dans les bateaux et atteindre l'Amérique en jouant à cache-cache entre tes deux jumelles. Mais dis-moi, tout de même ; l'Amérique est un pays libre pour toi ! Dans ce cas, pourquoi avoir continué dans tes fausses déclarations ? Tu aurais pu enfin rétablir l'identité de tes filles ! Mais tu as préféré continuer dans ton entêtement. *Elle tenta une diversion avec sa reine. Mais elle comprit qu'elle avait mal manœuvrée.*

– C'est tout à fait vrai, mais sache que les services secrets américains qui ont eu vent de mon départ de Russie via leur pays de liberté, m'ont proposé de travailler également pour eux. *Sans pitié il la retrancha dans ses défenses. Elle n'avait plus aucun moyen de contrecarrer.*

– C'est super ça ! Annonçât-elle, malgré la mauvaise tournure de son jeu. Comment avait-elle mis en échec la championne du monde si son père était capable de la ridiculiser de la sorte ?

– Ah, oui ? dit-il, en se moquant, dans le même département, le même projet.

– Quoi ! dit-elle, incrédule. *Il venait de la mettre en échec.*

– ils étudient également les facultés télépathiques des jumeaux. Il feignit de ne pas se réjouir.

– Mais qu'est-ce que tu as fait, alors, tu as refusé ? *Elle analysait toutes les possibilités de faire basculer le jeu à son avantage mais elle manquait de lucidité. Elle savait que si elle perdait, elle rejouerait éternellement ce jeu dans sa tête pour trouver le moyen de remporter la partie.*

– Évidemment que j'ai refusé ! dit-il.

– Mais ils n'ont pas insisté ? *Les combinaisons s'accumulaient dans son esprit.*

– C'est quand même un pays de liberté, ils ne peuvent pas m'obliger ! Mais par sécurité, je me suis caché ici, toutes ses années.

– Mais pourquoi ? Ils savent bien que tu es là !

– C'est vrai, mais grâce à cet isolement, j'ai pu vous protéger, et ils ne peuvent pas faire pression sur moi. Tant qu'ils ne connaissent pas l'existence de mes filles jumelles, tout au moins. Dans ce cas-là, l'enjeu deviendrait trop important et les profits envisagés risquent de l'emporter sur les règles de l'hospitalité.

Elle le regarda, incrédule. N'était-ce pas de la paranoïa ? Il avait toujours l'excuse de venir d'un pays totalitaire ou la liberté individuelle n'est

qu'une option inopportune.
Elle se leva. Elle ne savait plus trop quoi penser. *De plus, elle ne parvenait pas à contrecarrer sa tactique ; quoi qu'elle tente, il ferait échec et mat.*

– Je suis un savant très connu aujourd'hui, lui expliqua-t-elle. J'ai même une couverture internationale avec ce nouveau projet sur les consciences. Personne ne fera de moi une sourie de laboratoire !

– Oui. J'ai pensé à ça aussi. Et c'est pour ça que j'ai commencé à t'aider dans ce projet. Ensuite, j'ai préparé des faux papiers pour ta sœur. C'est une violoniste de talent, ce serait dommage de gâcher son talent, de le laisser perdre.

– Tu as commencé à m'aider ! s'étonna-t-elle.

– Oui. J'ai encore des relations, là-bas, tu sais ? Des gens haut placés qui ont une dette envers moi. Lorsque j'ai su qu'une commission internationale cherchait un savant versé dans la mécanique quantique pour dynamiser un projet endormi, que la Russie faisait partie des pays alliés et qu'il s'agissait d'un sujet qui devait se placer en dehors des griefs politiques, j'ai proposé ta candidature, et je l'ai parrainé. Et nous avons réussi ! Le reste t'appartient.

– Quoi ! Tu as forcé la main de ce comité ! Et je croyais être choisie pour mes seules compétences ! Elle retourna à la table et de rage, elle balaya toutes les pièces de son bras.

– Je n'ai pas proposé une casserole trouée,

que je sache ! Il remit le jeu en place, pièce par pièce, exactement comme il était auparavant. Tu as comme moi, du génie dans les veines ! Je t'ai ouvert une porte. Ton succès, dépend de toi. Je vais t'indiquer comment tu aurais pu gagner cette partie !

En entendant, «je t'ai ouvert une porte ». Elle se raidit en repensant à sa grand-mère et fût prise d'une frayeur enfantine. Est-ce que cet homme mystérieux était capable d'utiliser une personne déjà morte pour obtenir gain de cause ?
Non, elle chassa cette idée folle et préféra revenir à la raison. Elle savait qu'elle jouait un jeu d'échec, en ce moment avec son père. Elle devait être plus offensive.

– Tout ça n'explique pas ta comédie ! Pourquoi avoir feint d'être déconnecté de la réalité ? *Elle osa une nouvelle tactique.*

– Tu sais que lorsque tu étais enfant, tu me réclamais souvent du hareng et de la 'ho'htsitsah ? C'est cette vodka-là. En veux-tu aujourd'hui, mon enfant ? Pour t'ouvrir l'esprit !

– Répond moi, s'il te plaît. Je me fiche de la 'ho'htsitsah, aujourd'hui. Je veux des réponses !

– Tu parles comme un camarade du partit. Ne serais-tu pas un peu trop sévère pour un père qui s'occupe de toi ?
Elle repensa aux lettres et conclut qu'il avait raison. Lui savait qu'il remportait la partie parce que son esprit restait froid, qu'il contrôlait ses émo-

tions.

— Tu aurais pu faire ça, démontra-t-il en bougeant ses pièces à elle. Et tu aurais fait échec et mat.

Elle resta bouche bée. Jamais elle n'avait envisagé de réagir aussi simplement. *Elle eut tout juste le temps de voir la structure de sa possible réussite qu'il balaya les pièces à son tour avec la bouteille de vodka.*

— Il faut boire la vodka givrée, expliqua-t-il, c'est l'esprit froid, l'intellect glacé. Dès que tu rentres tes sentiments dans ton jeu, ta partie est perdue d'avance. Viens, on sort respirer un peu...

Léa se gara devant le bâtiment de la commission internationale. Des drapeaux de tous les pays flottaient dans l'air du matin. Elle se dit qu'en rentrant ici, elle faisait un peu le tour du monde. Un gardien contrôla son sac, lui demanda si elle avait une arme, elle eut envie de répondre, « mon charme » mais elle ne savait pas trop comment il réagirait. Il était plutôt éteint à cette heure matinale. Il était peut-être ici depuis le début de la nuit. Il bailla et elle se dit, « sûrement, le pauvre ».

Le hall d'entrée était vaste, spacieux, « royal », pensait-elle, en se sentant toute petite. Elle avisa un comptoir où un homme jeune, tout propret sur lui, en costume trois pièce et cravate noire pianotait sur un ordinateur en parlant au téléphone. À son approche il posa le téléphone et lui adressa un sourire de politesse. Puis, la découvrant, très agréable, lui sourit franchement. Elle répondit timidement.

– Oui, mademoiselle ? En quoi puis-je vous aider ?

– Bonjour, je suis le professeur Grinberg.

– Ah ! Enfin, vous voilà ! Ravis de vous rencontrer professeur. Vous êtes en retard pour l'ouverture de votre dossier administratif.

– En effet. C'est grave ?

– Non, mais il vaut mieux être en règle dans ces choses-là.

– Désolé, j'étais trop impatiente de commencer mon travail.

– Je comprends que le sujet soit passionnant. Un sujet qui concerne le monde entier ! Mais, lorsque tout est en ordre, il n'y a pas de déconvenue et de problème.

Est-ce qu'il la grondait comme une collégienne ? Il fallait qu'elle soit plus autoritaire. Elle était un grand professeur, que diantre !

– Parce que, sans vous en faire le reproche, on me téléphone du monde entier pour s'assurer que tout est en règle.

– Ah oui ? s'étonna-t-elle.

– L'idée de ce nouveau département est de pourvoir totalement aux insuffisances du professeur Fisher en matière de procédures administratives.

– Ce qui veux dire ?

– Que cet immeuble et toute sa commission internationale dépend uniquement de votre inscription à notre projet.

– Quoi ! Sourit-elle. Tout cet immeuble pour moi ?

– En quelque sorte, oui, dès que vous avez été choisie. Et pour vous dire la vérité, votre révélation d'il y deux jours ne peux absolument pas se passer de votre inscription. Ce qui veux dire que notre ordinateur, va vous inscrire à partir de la date escomptée et non pas à partir d'aujourd'hui. Vous n'y voyez pas d'inconvénient, j'espère ?

– Heu, non, pas du tout, dit-elle, intimidée.

– Très bien. Vous avez une pièce d'identité ?
Elle lui tendit la carte de sa sœur. Il la prit, la regarda, fixa intensément la photo d'identité.

– Vous êtes différente ! Constata-t-il.

– Vous trouvez ? Demanda-t-elle d'une voix tremblante, en pensant qu'elle était une piètre comédienne, ce matin. D'habitude elle mentait beaucoup mieux. Elle devait se mettre à l'aise.

– En mieux ! dit-il avec un grand sourire.
Elle sourit jaune en retour.

– Oui, j'ai vraiment une salle tête sur cette photo !
Malgré les recommandations de sa sœur, elle s'était maquillée, portait ses cheveux longs lâchés et s'était habillée avec soin. Tout ça sur une aire d'autoroute.

– Maintenant, professeur, j'ai besoin de votre doigt pour prélever vos empreintes. Celles-ci, comme vous le savez déjà, seront significatives de votre identité dans tous les aspects de votre travail. Chaque document, article, ouverture de sas, de porte, seront effectifs, uniquement à partir de vos empreintes digitales. Tout document enregistrement, vidéo, audio, doit-être attesté de votre signature digitale. À fortiori, chaque ouverture de porte ou action administrative locale ou internationale portera votre sceau numérique. Ce qui veux dire que dès aujourd'hui, les gardiens du laboratoire, recevrons votre enregistrement à fortiori. C'est-à-dire, qui date désormais d'il y a trois jours déjà. C'est-à-dire, le quinze Août, précisément. Vous êtes d'accord ?

– Il n'y a aucun problème, bredouilla-t-elle, impressionnée.

– Et maintenant professeur, vous allez devoir signer toutes les procédures d'enregistrement.

Trois heures et demie plus tard, elle sortait des bureaux après avoir rencontré tous les directeurs officiels du département international.
La tête lui tournait. La ville était remplie de brouillard. Elle se demanda comment c'était possible dans cette période d'été. Elle avait le sentiment d'avoir gâché les plus belles heures de la matinée. Un seul point de lumière à ses yeux ; une carte de crédit à leurs frais. Elle n'avait pas exactement compris combien elle pouvait tirer de cette carte par mois, mais elle se sentait une faim de loup et une faim tout-court, pour la vie. Elle rentra donc dans le premier restaurant italien qu'elle trouva dans l'avenue et commanda des Lasagnes et des courgettes farcies au fromage de brebis, un kir

pour fêter son retour au pays des vivants, et pour dessert, un soufflé au chocolat avec un boule de glace à la vanille. Ce petit resto était significatif, pour elle. Il signifiait que la vie commençait enfin ! C'était comme ça qu'elle voyait les italiens ! Un risotto, un plat de spaghetti bolognaise, une pizza napolitaine! Un peuple qui aimait la vie et qui faisait de la vie un plaisir !

– Passe-moi la boite de pain sec, dit-il, en déroulant la bobine de fil.
Elle n'aimait pas qu'il ne lui demande pas s'il te plaît mais elle s'exécuta tout de même. Lui, le savait mais s'amusait un peu à piquer sa fierté.

– Pourquoi est-ce que tu ne t'achète pas une canne à pêche ? demanda-t-elle.

– Pourquoi faire ? répondit-il.

– Pour pêcher ! dit-elle avec évidence.

– Tu vois ; je pêche.

– Oui, mais tu risques de te couper les doigts avec le fil de nylon !

– C'est comme ça que mon père pêchait. C'est comme ça qu'il m'a appris.

– Peut-être qu'il n'avait pas d'argent pour s'acheter une canne ?

– Non. C'est juste que son père lui a appris comme ça également.

– Très bien ! C'est un peu déprimant.

– Qu'est-ce qui te déprime ? Les traditions familiales ?

– Oui. Je n'aime pas tout ce qui est statique.

– Comme l'électricité statique ?
– Très drôle ! dit-elle.
– Alors, ma fille ? On est ennemis ou amis ? Tu vas me faire payer le fait que tu ais échangé ta vie avec celle de ta sœur ?
– Non, non. Tu as raison.
– Alors quoi ? Il faut que je paraisse malade pour que tu avoues que tu m'aime ?
– Peut-être que oui. C'est bizarre d'être comme ça.
– Il faut que tu apprennes à te détendre ! Regarde ce paysage ! Cette rivière d'eau vive, ces arbres prosternées qui s'agenouillent pour boire. Tiens, allonge-toi sur l'herbe !
Elle s'allongea. Lui, jeta sa ligne qu'il garda en main et s'allongea près d'elle, sur l'herbe.
– Ah ! dit-il ! Allongé avec une jolie fille sur l'herbe, au bord d'une rivière ! Le rêve de tous les hommes saints d'esprit !
– Pourquoi est-ce que tu ne te remarie pas dans ce cas-là ?
Il sourit. Un peu d'intimité avec sa fille et elle se permettait des questions intimes.
– Tu es pas mal conservé pour ton âge.
– Merci.
– Tu n'as pas de problème d'argent.
– Intelligent ! rajouta-t-il.
– Un peu orgueilleux, mais ça se soigne.
– Et toi alors ?
– Quoi, moi ?
– Si je ne cherche pas une autre femme que

ta mère qui est irremplaçable, ça me regarde. Mais toi ?

– Ah, oui ? Tu veux que je pense à me marier ! et comment je fais avec ma sœur ? On partage le lit de notre mari à tour de rôle ?

– Non, ça c'est absurde !

– Ce qui est absurde c'est d'être une seule identité, alors que nous sommes deux personnes différentes !

– Ça, pour être différentes ! Elle est aussi stupide que tu es intelligente !

– Tu lui en veux de quelque chose ? Elle s'est occupée de toi avec dévouement ! Elle t'a même fait un trou dans le toit pour que tu vois le ciel !

– Oui, ne m'en parle pas ! Quelle idée de génie ! J'ai grelotté de froid toutes les nuits !

– D'ailleurs, tu as oublié de me préciser pourquoi tu jouais au fou ?

La ligne trembla et commença à tirer sur la main par à-coups réguliers. Ils comprirent ensemble qu'il y avait un poisson qui mordait à l'hameçon et se relevèrent immédiatement.

– Je pense que c'est une truite, estima-t-il. Elle doit peser dans les deux kilos au moins.

– Comment tu peux savoir ça ?

– C'est la main qui jauge le poids du poisson selon sa force.

– Alors, remonte-le !

– C'est toi qui cuisines ? demanda-t-il.

– Si tu te mets à table !

– Très drôle.

— Je suis sérieuse. Et je la cuisine au feu de cheminée.
— Très bien. Et comme accompagnement ?
— Une salade du jardin ?
— Okay pour la salade, acquiesça-t-il en ramenant prudemment le poisson à lui.

Elle l'observa, au moment où il ramenait le poisson avec dextérité. Il avait de grosses mains puissantes. Elle le trouva beau avec sa barbe blanche. Pourquoi était-elle si en colère contre lui ? Lui reprochait-elle plus que cette comédie ? Oui. Elle savait, elle y avait souvent pensé. Elle lui reprochait la mort de leur mère.

Le poisson crépitait dans la cheminée. Elle l'enduisait d'huile d'olive et de citron avec une branche de thym sauvage. Les flammes jetaient des masques de lumière sur leurs visages qui regardaient, fascinés, cette cuisson magnifique. Ils n'avaient pas fait la paix, pas exactement, mais ils se ressemblaient trop pour ne pas se comprendre.
C'est lui qui fit un premier geste de tendresse retenue en remontant une mèche de cheveux derrière son oreille. Elle le regarda et lui sourit timidement. Ils étaient bien. Ils faisaient quelque chose en commun et c'était beaucoup pour eux qui avaient été si occupés, individuellement et qui avaient eu si peu de temps passé ensemble.
Alors qu'elle retournait la grille pour que le poisson cuise des deux cotés en harmonie, il lui tendit une petite boite à bijoux.

– Tiens dit-il. C'est pour toi.
Elle sursauta de surprise. Elle pensa que son sursaut était exagéré mais elle n'y pouvait rien. Elle venait de reconnaître un coffret à bijoux qui appartenait à sa mère.

– C'est pour moi ?
– J'ai bien essayé de les porter, mais ce n'est pas trop mon style, plaisanta-t-il.

C'était une parure d'une immense valeur. Diamants, perles, émeraudes et rubis sertis sur des arabesques d'or blanc et jaune.

– Elle a appartenu à une impératrice. J'ai oublié laquelle, expliqua-t-il.
– Comment tu as pu obtenir la parure d'une impératrice ?
– Eh bien ! Je l'ai acheté !
– Je ne savais pas que nous étions si riches !
– Une richesse en terre que je ne pouvais pas emporter avec nous. Même si nous habitions la ville à cause de mon travail. Dès que j'ai pu racheter notre liberté, je l'ai payé avec des hectares qui appartenaient à notre famille. J'ai aussi reconverti des biens en bijoux de grande valeur. Ce collier, je l'ai acheté pour que ta mère soit comme une reine, lorsqu'elle débarquerait au pays des cow-boys.

Ils avaient tous deux les larmes aux yeux.

– Bon ! Tu essayes ?
– Mais ! Comme ça ! En cuisant le poisson avec une jupe en jean et un chemisier à carreaux ?
– Oui. C'est vrai que tu n'as pas héritée du don de ta mère pour te mettre en valeur.

– Léa a eu ce mérite !
– Ne me parle pas de Léa, s'il te plaît.
– Tu vas encore la traiter de sotte ?
– C'est toi qui le dis, cette fois !
– Mais qu'est-ce que tu lui reproche à la fin ?
– Tu ne comprends donc pas ?
– Non ! Qu'est-ce qu'elle t'a fait, à part casser le plafond de ta chambre ?

Il se releva. Lui tourna le dos et se resservit un verre de vodka.

– Elle m'a fait qu'elle est exactement la même ! Même rire, même intonation, même prestance naturelle ! Même façon de marcher. Cette façon de joindre les lèvres pour chercher le mot juste. C'est pour moi une torture de retrouver ma femme lorsqu'elle avait vingt ans ! Et cet esprit si peu cartésien, avec une logique teintée de sensiblerie extrême !

– C'est à cause de ça que tu l'as fuis dans ton mutisme ?

– Entre autres chose, c'est vrai. J'ai cru que je deviendrais fou à force de vivre avec la copie de ma femme.

Il bredouilla le mot « décédée » et vida son verre.

Rachel essuya ses yeux avec sa manche, passa le poisson dans un plat de service et rejoignit la table. C'est lui qui découpa le poisson et les servit avec dextérité.

Elle mangeait la tête dans l'assiette. Son crâne allait exploser tant elle avait des questions sans réponse.

– C'est délicieux ! dit-il.

– Oui, réagit-elle. C'est la meilleure des cuissons. Comme ça...
Mais elle n'avait pas le cœur à apprécier. Il fronça les sourcils, lui en voulant un peu de leur gâcher leur retrouvaille. Il comprit que le mieux serait d'enfin tout lui expliquer.

– Si je n'ai pas permis que d'autres étudient les aptitudes de mes filles jumelles, je n'ai pu moi-même m'en empêcher totalement. Ce n'est pas à toi que je vais l'apprendre : vos esprits sont connectés. Vous partagez des émotions, des pensées, des désirs, des obsessions. Chez les vrais jumeaux également, l'un des deux domine l'autre, bien que parfois, les rôles du dominant-dominé s'intervertissent. Entre vous, tu es la dominante, pour la plupart du temps.

– Pas exactement, dit-elle. En plus, nous sommes toujours d'accord parce que l'on se connaît tellement que l'on ne peut pas se cacher quoi que ce soit.

– Tandis que tu concourais pour ce poste dans l'étude des consciences. J'ai étudié le cas, également, de mon côté.
Elle ouvrit la bouche, stupéfaite, mais se retint de toute critique.

– Je me suis dit que si on pouvait générer l'apparition des consciences dans nos trois dimensions de perception matérielle, il n'en restait pas moins que la communication restait le principal défi. Après tout, on peut voir les planètes de notre

système solaire, mais est-ce que l'on peut établir un dialogue avec elles ?
Il mangea un peu de poisson et de pain, bût un peu d'eau fraîche, et poursuivit son explication.

– Nos recherches sur les jumeaux portaient sur la communication. La télépathie est-elle la prochaine avancée du genre humain ? Se passer de téléphone et échanger un langage structuré d'un bout du monde à l'autre ! Et puis, pourquoi pas, se passer d'ordinateur et découvrir enfin, l'alternative d'utiliser le plein potentiel du cerveau humain.
Elle le regarda, en se disant qu'il ne lui apprenait rien. Il le comprit mais continua dans sa lancée.

– Toi et ta sœur, vous communiquez. L'état de dominant-dominé peut être équivalant à émetteur-récepteur.
Elle n'avait pas pensé à cette éventualité. Il la vit « dresser les oreilles ».

– Mon idée a été de supposer une qualité intrinsèque de chacun des jumeaux.

– Comment ça ? Un jumeau sans son frère ? Avec qui communique-t-il, dans ce cas ?

– L'émetteur transmet et nous changeons le récepteur. Ou alors, on génère une transmission si puissante que le récepteur reçoit, même si ce n'est pas son vrai jumeau.

– Désolé de te contredire, mais c'est parce qu'ils ont grandi dans une même poche, dans une période où la télépathie remplaçait le futur langage, qu'ils peuvent ensuite communiquer !

– La preuve que non ! Dit-il, triomphant.

– La preuve ! s'étonna-t-elle. Quelle preuve ?
– J'ai communiqué avec ta sœur !
– Tu as... par signes ! C'est ce qu'elle m'a dit, elle comprenait tes signes !
– Foutaises ! Si tu bouges les doigts, comme ça, dit-il, tu es capable de comprendre une phrase complexe ?
– Moi, qui suit mathématicienne, non. Mais elle, qui es une artiste, oui.
Il ne dit plus rien et se contenta de sourire. Elle le regarda, incrédule.
– Tu as communiqué par télépathie avec Léa ? Comment est-ce possible ?
– Elle s'est mise en situation de récepteur et elle a reçu toutes les informations que mon esprit lui transmettait.
– Mais pourquoi tu as fait ça ? Je n'ai pas compris !
– Pour une scientifique, tu es un peu lente, aujourd'hui. D'abord, c'est en soi, une réussite et la preuve que ma théorie est exacte ! Ensuite, c'est à toi que je rends service !
Elle réfléchit un instant et se dressa, époustouflée.
– Elle va pouvoir communiquer avec les consciences !
– Mais oui ! Bougre d'âne !
– Papouchka ! Tu es génial ! s'écriât-elle.

Léa percevait que sa sœur était dans une intense émotion. Elle ne savait pourtant pas pourquoi. Ce qui est sûr, c'est qu'elle était très contente. Tant mieux, elle l'avait sentie si contrariée dans les premières heures de la journée.

Elle avait mis le GPS pour trouver l'appartement. Toujours ce brouillard ! On se croyait à St Saint-Pétersbourg, le froid en moins. Le bâtiment de quatre étages était pittoresque. Il ressemblait un peu à un chalet suisse, en plus moderne et pas du tout isolé, puisqu'il côtoyait une dizaine d'autres chalets coulés dans le même moule. L'ascenseur lui parut un peu inquiétant et elle décida de monter au quatrième étage à pied. La porte d'entrée était rose et lui plut d'emblée. En ouvrant la porte elle se sentit transportée devant le luxe tranquille de cet intérieur qui ne pouvait que satisfaire le cœur d'une jeune fille. Elle repensa à l'autre maison de campagne, si simple, avec sa vieille cheminée et sa grande table de bois brut, ses chaises de cuisine, ses vieux meubles de bois peint et ses murs décolorés. Ici, tout était kitch, rose bonbon, bleu pastel et vert fluo. Les fauteuils en patchwork bariolé et une table haute laquée noir, entourée de chaises hautes en faux cuir blanc. Un lavabo retro et une cuisinière italienne large comme une table avec un trois fours à poignées dorées.

C'était un tel bonheur pour Léa qu'elle laissa échapper un rire spontané qui jaillit d'elle comme une petite rivière de bien-être.

Aussitôt, la porte d'en face s'ouvrit et une fille encore en pyjama s'introduisit derrière Léa qui sursauta. Elle n'avait pas beaucoup fréquenté de jeune fille depuis longtemps. Les cabris et les chèvres étaient ses confidents. Mais compte-tenu que Rachel et Léa étaient reliées, elle ressentit immédiatement que c'était une amie intime et qu'elle pouvait lui faire confiance.

– Tu lâche tes cheveux maintenant ! S'étonna-t-elle.

– Toi aussi, répondit Léa en admirant la grande chevelure châtain clair qui glissait jusqu'au bas du dos.

– L'élastique ou la pince qui osera toucher ma tignasse n'est pas encore né, je peux te l'assurer ! J'ai les cheveux libres comme le bateau-ivre de mon pote Rimbaud. Tu découche ces temps-ci ! Tu as un petit copain, ça-y-est ? Raconte !

– J'étais chez mon père.

– Oh la barbe ! Fit la fille, avec un air blasé, en soulignant sa parole par un geste au-dessus de la tête pour signaler son agacement. Les pères, c'est comme les profs de philo ! Quelle barbe !

– Oui ; une grosse barbe ! rétorqua Léa en riant.

– Tu as vu, ça redevient à la mode ! Je ne sais pas ce qu'ils ont avec leur barbe, j'te jure dis la jeune fille, en répétant le même geste. Remarque ça cache les bourrelets de chair sous le cou. Tu sais, cette graisse infâme ! Brr ! Dit-elle dégoûtée. Enfin, ne crois pas que je n'aime pas mon père, ni que je ne suis pas amoureuse de mon prof de philo !

– Ah, bon ! Fit Léa, très intéressée par cette fille épanouie qui lui rattrapait une éducation amé-

ricaine malmenée par un temps trop long passé à la campagne. De son coté, elle n'avait pas du tout apprécié son professeur de philosophie de Saint-Pétersbourg.
La voisine s'installa sur le divan sans aucune gêne.

— Tu ne fermes pas ta porte ? Demanda Léa qui observait un salon aussi moderne de l'autre côté, mais plus en désordre que le parterre du poulailler du jardin de son père.

— Ah, oui ! Hier encore, j'aurais dit, ça me jouera un tour, un de ces quatre ! Tu peux fermer, s'il te plaît, j'ai les côtes en compote.

Léa traversa et regarda l'appartement qui semblait avoir été retourné de font-en comble. Elle revint ensuite fermer sa propre porte. La voisine s'était allongée et croquait une pomme à belle dents.

— Tout va bien, chez toi ? s'inquiéta Léa. On dirait que tu as labouré le jardin !

La copine fût prise d'un fous-rire et s'étrangla avec la pomme, les yeux pleins de larmes.

— Tu as de ces expressions, vieux-jeux, j'te jure !

— Tu veux un verre d'eau ? Proposa Léa.

— Pouah ! Tu as oublié que j'ai horreur de l'eau ?

— Oui. J'avais oublié, dit Léa en se demanda ce qu'elle pouvait bien boire, la voisine, encore en pyjama à onze heures du matin.

Elle chercha le frigo et dû baisser la tête pour le découvrir. C'était un petit réfrigérateur de bar, transparent. Il y avait des bouteilles de soda au goûts de fruits. Elle en sortit deux mais ne sût pas comment les ouvrir, elle chercha le décapsuleur mais ne voyait pas le tiroir encastré dans le mur. La voisine la regardait d'un air suspicieux.

– Tu es sûre que tu étais chez ton père, toi ?

– Oui, répondit Léa en tournant sur elle-même pour trouver un tiroir quelconque.

– Tu veux que je te fasse visiter ? demanda la voisine en se levant pour ouvrir le tiroir. Elle se saisit du décapsuleur, ouvrit les bouteilles et jeta le bout de ferraille dans le lavabo en portant déjà le goulot à la bouche.

– J'ai horreur de ces soda-là ! Je ne sais pas comment tu fais pour aimer ça ! grogna-t-elle.

– J'aime bien ! dit Léa en se pinçant le nez parce que le gaz lui remontait jusqu'aux narines. C'est frais !

– Prend un verre ! Tu ne sais pas boire à la bouteille, lui rappela la fille.

Léa lui donna raison, et compris que Rachel ne s'en sortait pas mieux qu'elle sur ce chapitre. Elle ouvrit donc tous les placards avant de découvrir de gros verres à cognac. Elle leva les sourcils devant les verres immenses !

– Ils sont ringards, tes verres ! dit l'autre.

– Il y a quelque chose que tu aimes, à part Rimbaud, ton père et ton prof de philo ? Ne put s'empêcher de dire Léa, un peu agacée par cette voisine qui ne lui avait pas laissé le temps de découvrir l'appartement.

– Ouais, dit-elle. Y'a un truc que j'aimais

beaucoup, mais il paraît que c'est mauvais pour mes poumons.

– Ah oui ! S'étonna Léa. C'est quoi ?

– Le saxo.

– Le saxophone ?

– Oui. Tu en connais un autre ?

Léa était contente de tomber sur une musicienne.

– Mais pourquoi c'est mauvais pour tes poumons ?

– Je ne sais pas moi ! Ne suis pas docteur ! Dommage, c'est tout.

– Mais alors ! Tu acceptes cette fatalité ! Il faut trouver un moyen !

– Toi, je ne t'ai pas entendu jouer du violon une seule fois ! Alors, pas la peine de me faire la morale !

– Je ne te fais pas la morale dit Léa en s'asseyant à son tour sur le divan.

– Hé ! Mais tu es maquillée, ma parole ! s'étonna la voisine, dont-elle ne savait toujours pas le nom.

– Je suis comme ça ! expliqua Léa. Des fois oui et des fois, non ! J'ai des périodes, queue de cheval habillée en retardée totale et puis des fois ou je me secoue, me reprend ! Me coach ! M'habille, me maquille !...

– Stop ! Les superlatifs ! J'ai saisi ! C'est juste que je n'ai pas mes lentilles de contacts, je ne les ai pas retrouvés ce matin.

– Tu m'étonne, avec le désordre qu'il y a chez toi !

– Je ne sais pas ce qu'il y a eu, cette nuit ! Je suis rentrée, vers quatre heures, c'était déjà comme ça. Des voleurs, je crois.

– Tu avais laissé la porte ouverte ?

– Oui. J'ai oublié de fermer. Ma mère me dit souvent : Lucie ! Un de ces quatre, on va te cambrioler.

– Elle avait raison, ta mère.

– Oui, les mères ont toujours raison. Le problème c'est qu'on s'en rend compte qu'après.

– C'est juste. Ma mère aussi avait raison à sa manière.

– C'était quoi, sa manière ?

– Sa manière, c'était la musique. Elle chantait tout le temps. On avait l'impression, avec elle, que le monde était une comédie musicale.

– Genre, Fred-Astaire et Ginger-Rogers ?

– Mais non ! C'était des danseurs, ça ! Ma mère chantait, pour nous réveiller le matin, pour nous endormir le soir ! tout-le temps, en fait.

– J'aime bien ça ! Elle était chanteuse de maison, c'est cool ! Comme ceux qui chantent dans la baignoire !

– Ma mère était une élève d'une artiste très connue !

– Ah, oui ? Qui ?

– La pianiste Grinberg. Tu connais ?

– Pas du tout. Mais c'est aussi, ton nom, ça, Grinberg !

– Oui.

– Ta mère était aussi pianiste ?

– Oui. Une très grande pianiste !

– C'est chouette le piano ! Moi qui en joue, tous les soirs, je n'arrête pas de découvrir une nouvelle manière de jouer, d'alléger mon style, d'être moins patate sur les touches. Mais, toi, tu t'en fiche ! Tu as abandonné le violon pour les maths !

– Non, non, non ! Je vais m'y remettre !

– Ah bon ! Quand ?

– Aujourd'hui, demain, tu pourras entendre de chez toi !

– Okay ! Je vais tendre l'oreille. Bon, faut que j'y ailles ! J'attends une femme de ménage pour ranger, comment tu as dit ? Le jardin labouré !

Elle partit en riant en laissant la porte ouverte.

Léa se leva pour fermer chez elle. Et se retrouva dans le silence. « Ça fait vide, sans la voisine ! »

Elle résista au désir d'appeler sa sœur et décida d'inspecter son nouveau nid, toute seule. Ensuite, elle devait se rendre au laboratoire.

Éric avait dormi toute la matinée. Parallèlement, il avait également passé une bonne nuit de travail. Même si c'était essentiellement la phase relationnelle qu'il ne chérissait pas spécifiquement, il avait pu constater dans leur regard ébahi, toute la découverte humaine devant l'extraordinaire et le fantastique. C'était réel ! Le monde constatait la réalité de ces consciences ! L'esprit ne disparaît pas avec la mort ! Ou plus encore ; du point de vue de la conscience, la mort n'existait pas ! N'était-ce pas une avancée pour toute l'humanité, une avan-

cée de la science, de l'esprit, de constater enfin la présence ininterrompue de la conscience dans l'espace ? Et compte tenu, que l'espace était un espace de vie. Cette vie infinie apparaissait enfin à l'œil nu.
Quelle était la suite de cette aventure humaine ? Évidemment, le raffinement de la communication entre les consciences incarnées et les consciences désincarnées. Mais peut-être aussi la prochaine vision de nos propres consciences et leur prolongement.

Son corps rassasié de sommeil et son âme épanouie à la perspective de nouvelles découvertes, il savait que son travail se faisait désormais la nuit. Rachel Grinberg ne paraîtrait certainement qu'à l'approche de la nuit, elle aussi. Curieusement, il avait envie de la revoir. C'était à prévoir, puisque c'était la première femme à venir briser sa solitude. Ce n'était pas qu'il pensait à elle comme on pense à une femme, mais comment dire ; le coté imprévu de ce personnage le fascinait lorsqu'il y repensait.

C'est vrai que voir apparaître des êtres spirituels, fait d'énergie vibrante et vivante était un changement radical dans toute la structure de son métier de découvertes souvent passives, ou tout-au moins, répétitives. Et dire que ce changement radical était le fruit d'une seule journée de travail en commun ! C'était à peine pensable. Mais s'il était honnête avec lui-même, il aurait très bien pu rester encore des années dans l'exact recommencement... Il interrompit sa pensé pour la doper d'une vision singulière : Lui, des années durant, des années plus tard, les cheveux blancs et des lunettes au bout du nez, ronchonnant, redondant, bedonnant ? Et qui recommençait les mêmes gestes inexacts, tandis que d'autres recueillaient les nouvelles palmes de la découverte.

Il secoua sa tête pour se débarrasser de cette vision d'horreur. « Éric, mon vieux, tu sors d'un cauchemar, avoue-le ! » Ces paroles de Cooper raisonnaient maintenant dans son esprit. Il n'avait rien répondu mais Cooper avait raison. Ne dormant plus, il en venait à confondre le jour et la nuit, le rêve et la réalité. Sa raison s'était faite cauchemar, sa nature pourtant aimable s'était aigrie. Il avait peur de perdre... de perdre quoi ? Qu'est-ce qui lui appartenait réellement ?

Hier soir, il avait gagné un peu de temps, mais la semaine prochaine, ils feraient tous deux une conférence de presse internationale qui serait diffusée sur toutes les chaînes importantes de la planète. Dès lors, il ne serait plus ce savant maudit que la presse avait dépeint jusqu'à ce jour. Les habitants du globe le découvriraient tel qu'il était réellement : Quelqu'un de sérieux et honnête. Enfin, il espérait que ce fut ainsi.

En attendant la fin de l'après-midi où il enfilerait sa blouse blanche, il s'habilla avec soin. Aujourd'hui, pour la première fois depuis bien longtemps, il

avait envie de dépenser son argent. Lui qui ne sortait plus, comme s'il était rentré dans les ordres, dans le monastère austère de la science.
Sortit sans savoir où il allait, il s'essayait au hasard en s'étonnant de n'être pas montré du doigt. Serait-ce un moment de chance, où la persécution dont il avait fait l'objet s'était éreinté les dents sur l'autel du quotidien ? Sur les soucis de tous les jours ? A quoi s'intéressent les hommes lorsqu'ils vous ont déjà complètement broyés ? A d'autre débris encore vivant, encore plein de vie, d'espoir, d'orgueil, peut-être. Lui n'avait plus d'orgueil, il avait tout légué à d'autres archéologues de la science qui découvraient des bribes d'informations sur la vie en cours. Mais si de là-haut, on fermait les robinets ? C'était tout pour l'histoire des découvertes humaines. Ensuite, on se passerait de votre bonne volonté, et le miracle s'effectuerait directement sans le concours de la nature et des hommes.
Éric pensait tout ça sans savoir pourquoi. Peut-être parce qu'il était confronté au miracle avec ces consciences qui empiétaient largement sur les normes de la société humaine.

Pendant ce temps, Léa apprivoisait sa nouvelle vie. Qui était-elle et qui voulait-elle être ? C'était tout de même étrange de se glisser dans la vie de sa sœur. Pourrait-elle tromper son monde, cette fois ? Lorsqu'elles étaient à l'école et qu'elles échangeaient les rôles, et que la studieuse avait ses périodes où elle était rêveuse, ça passait encore, même si les professeurs étaient déconcertés, ils avaient admis l'idée que cette enfant brillante avait des périodes de trouble de la concentration.

Mais aujourd'hui ? Confrontée à un problème basique de mathématique, comment pourrait-elle feindre son incapacité soudaine ?

Le téléphone sonna. Elle sursauta. N'avait-elle pas jusqu'à la fin de l'après-midi pour se présenter sur le site ?
Heureusement, ce n'était que sa sœur.
  – Allô la terre ? Ici, la lune ! annonça Rachel.
  – Comment vont les martiens ? demanda Léa.
  – J'ai dit la lune, reprit Rachel.
  – Oui, mais, on dit comment ? Les luniens ? Les lunatiques ?
  – Comment tu trouves ta nouvelle vie ?
  – L'appartement est un rêve de vieille fille !
  – Quoi, de vieille fille ? Pourquoi tu dis ça ?
  – Ben, parce qu'il n'y a pas d'homme chez toi !
  – Tu voulais un homme dans le frigo ?
  – Non, pas du tout, en plus, il est minuscule ! à choisir un homme, je préfère un grand frigo. Mais réalise que ce sont les vieilles filles qui s'installent comme ça sans mari.
  – Merci pour le compliment !
  – Moi je suis dans le même cas, nous sommes des vieilles filles, quoi ! Mis-à-part les verres de cognac, bien-sûr ! Ils me font l'impression qu'un type avec ses grands pieds et un cigare

de Sibérie se trouve dans le salon !

– Je croyais que tu allais aimer.

– Les cigares ! Quelle horreur !

– Non ! La maison !

– Ah, oui, l'appartement est vraiment fashion, tout ce qu'il y a de plus vintage ! Au fait ! Tu utilises vraiment cette énorme cuisinière de Mama italienne ?

– Non. Tu sais bien que je ne cuisine presque pas. Même mes œufs, je les cuis au micro-onde.

– Mais, alors, pourquoi ?

– Parce que je devais aménager, et que je devais dépenser un peu d'argent pour me sentir bien et sortir de mon sentiment de culpabilité.

– Coupable de quoi, je t'en prie ?

– De profiter en égoïste !

– Je crois qu'on est tapé de la tête, toutes les deux ! déclara Léa.

– C'est normal, pour des jumelles ! Dès que l'une est dingue, l'autre suit. Sauf que tu as la tête sur les épaules et moi les épaules sous la tête.

– C'est pareil, non ?

– C'est toi qui le dis...

Elles restèrent un moment sans parler. Toutes deux pensaient à cette situation invraisemblable qu'elles s'obligeaient à vivre.

– Écoute, dit Rachel. Tout-à l'heure, tu rencontres le professeur Eric Fisher. On ne s'est vu qu'un seul jour, il ne devrait voir aucune différence entre nous.

– Mais pour les math ?

– Je ne crois pas qu'il voudra engager la discussion sur ce sujet avec toi.

– Pourquoi ? Vous vivez dans cette musique-là, si j'ai bien compris !

– Non. Je l'ai un peu refroidi sur ses recherches en lui montrant ses erreurs du doigt, alors, je crois qu'il va préférer ta musique à toi.

– Tant mieux, alors, conclut Léa, parce que c'est la seule que je sais jouer, donc, avec moi, pas d'erreur possible !

Léa arriva sur le site avant la fin du jour. La lumière était encore au comble du bonheur. Le site était aussi beau que Rachel lui avait dit. L'herbe verte et le bleu du ciel semblaient danser ensemble pour se jeter dans la mer passionnée qui mélangeait allègrement ces deux couleurs. Les gardes de la sécurité ne l'avaient pas reconnu immédiatement mais ses papiers et ses empreintes étaient désormais ses laisser-passer incontestables. Si Rachel s'asseyait dans l'herbe sans problème, Léa demanda une chaise et un café au lait bien chaud, s'il vous plaît ! Elle s'était acheté des baskets sophistiquées, roses et violettes, ce qui l'ennuyait un peu. En effet, elle n'avait rien trouvé dans ses vêtements pour s'accorder aux chaussures de sport. Il fallait impérativement qu'elle aille acheter de nouveaux habits ! Elle avait l'air d'une plouc avec des chaussures dépareillées. Une jolie plouc, certes, mais une plouc quand même. On était en Amérique, ici ! En Russie, les gens s'habillent horriblement mal et ce n'est pas le voisin en tenue de prolétaire qui lui en ferait le reproche. Mais, ici ? Les gens avaient de la culture, étaient distingués. Même les rappeurs avec leur survêtement et leur bonnet avait meilleure allure que le russe moyen, emmitouflé dans ses parkas vert militaire.

On lui servit le café au lait et à l'odeur, elle comprit qu'il n'avait pas été dosé correctement. Elle pinça le nez et le goutta en s'indignant discrètement. Il fallait parler yidich pour préparer un bon café au lait. Chez eux, on ne parlait pas yidich, mais une vieille yiddish-Mama qui venait s'occuper de la fille restée à la maison, leur faisait un café au lait terrible, qu'elle n'oubliera jamais. Bien sûr, à la dure comme à la dure. Mais elle avait trop souffert du manque de confort dans sa bicoque de campagne. Rachel a beau s'extasier du charme de la campagne, pour Léa, les poules et les chèvres avaient une odeur épouvantable qui lui donnaient toujours l'impression d'être sale.

Éric apparut au coucher du soleil. Il avait retardé le moment de la revoir, peut-être pour se convaincre que cette jeune femme qui avait tout chamboulé en un jour, avait bien existé dans sa vie. Il la contempla de dos et fut étonné de voir que ses cheveux étaient lâchés. Elle sentit un regard dans son dos et se retourna.

Ils furent tous les deux étonnés. Elle de le voir si jeune et séduisant, alors qu'elle s'attendait à un vieux savant, (Rachel avait omis de le décrire à sa sœur) et lui, de la voir si changée : Elle était maquillée et « habillée en femme », pas en jeune fille. Ils s'étaient fixés intensément, par curiosité, sans arrière-pensée et finirent par en être extrêmement gênés.

    – Professeur Fisher. dit-elle, pour rompre le silence.

    – Oui, professeur Grinberg ?

    – Les consciences ne devraient plus tarder, dit-elle.

C'est tout ce qu'elle avait trouvé à lui dire. Elle se retourna vers les socles installés sur le sol. Il la rejoignit et sembla, lui aussi, préoccupé par les socles encore vides.

    – Vous êtes différente aujourd'hui, dit-il d'un ton neutre.

    – Oui, je sais, acquiesça-t-elle.

    – Il y a une raison particulière ? Vous allez peut-être à un mariage ?

    – Non. Aucun mariage de prévu.

    – Pourquoi, dans ce cas-là ?

    – Ça cause un problème que je m'habille et me maquille pour ma fonction ?

    – Non, bien-sûr que non. Mais, comment dire ? la première fois... Vous étiez une autre...

    – Je n'étais pas vraiment moi-même, en effet, ce jour-là.

    – Et là, vous êtes-vous même ?

    – Oui, c'est bien moi.

    – Très bien alors !

– Vous préfériez sans maquillage, et habillée en collégienne ?

– Non, pas du tout. J'espère juste que ce n'est pas à cause de moi que vous...

– Pas de soucis, professeur. Je vous l'ai dit, aucun mariage en prévision.

– Très bien, dans ce cas-là. Je, je suis heureux de ce renouveau. Vous êtes, très bien comme ça.

– J'en suis heureuse aussi. Merci du compliment.

Ils pensèrent tous les deux que leurs paroles étaient insipides et ils préférèrent se taire, plutôt que de s'empêtrer encore. Elle n'était pas habituée à se retrouver seule avec un autre homme que son père. Quant à lui, il lui semblait qu'il la rencontrait pour la première fois, tant elle était différente.

Lorsque la première conscience apparue, Léa tressaillit. Elle avait jaillie de nulle-part, subitement. Même si sa sœur avait essayé de lui transmettre ses impressions quant à l'apparition des consciences, en écoutant sa description, on était encore bien loin de la sensation éprouvée lors de la vision directe de ce miracle venu trouer la boite obscure de la réalité.

L'immense forme lui semblait être un drapeau qui flottait dans le vent ou la proue d'un voilier invisible ou une vague brisée par la roche déchiquetée. Toutes ces idées lui vinrent-à l'esprit, comme poussées par l'esprit de comparaison né d'une réalité malmenée par cette apparition subite. Et d'autres mots encore, jaillirent, brisés les uns après les autres, qui jamais ne prirent autant de sens, ni s'exclamèrent avec autant de puissance, et parurent pourtant impuissant à décrire ce qu'elle voyait, puis, allez savoir, quel rêve, un jour, s'est interrompu dans le berceau des mesures strictes de l'existence.

Léa était vaincue, subjuguée, anéantie. Elle ressentit soudain tout ce que la fortune lui avait volée, ce que le destin avait grignoté, sans pudeur, de son bonheur escompté : Les baisers de sa mère, emportés par le vent, l'amour inexprimé de son père, l'amoureux qui n'était pas venu, le mari et les enfants qu'elle aurait voulue serrer dans ses bras... Tout ce qui n'était pas sa vie et qui dans d'autres circonstances aurait pu être à elle, si seulement...

Elle ne put se retenir et se laissa tomber dans l'herbe à genoux. Elle était réduite à un état de destruction intérieure si violente que tout et rien prenaient tout-à-coup la même valeur.

Éric ne comprenait pas. Rachel n'avait pas réagi de cette manière, la première fois. Pourquoi cette apparition lui faisait tant d'effet, tout-à-coup ? Lui aussi était étonné, émerveillé, subjugué, mais il ne prenait pas les choses à cœur de cette façon-là. Il voulut alors l'aider à se relever mais à peine avait-il posé sa main sur elle qu'une immense décharge électrique claqua dans sa main et jusqu'à la racine de ses cheveux.

Léa ressentit le souffle de cette décharge et voulue à son tour aller vers lui pour le secourir.

– Non ! Non ! dit-il, surtout restez loin de moi ! Je ne pourrais pas supporter une seconde décharge de cette puissance !

– Je suis désolée ! Je ne sais pas ce qui s'est passé !

– L'électricité statique à un niveau extrêmement puissant, conclu-t-il.

– Mais ça ne m'est jamais arrivée !

– Au moins, vous vous êtes reprise ! constata-t-il en se massant les avant-bras.

– Oui, vous avez raison ! Il me fallait un électrochoc !

– Sauf que c'est moi l'électrocuté !

A cet instant, les unes après les autres, les consciences apparurent.

– Oh ! dit-elle. C'est la plus belle chose que j'ai jamais vu. C'est la vie à l'état pure !

– L'essence de la vie, précise-t-il. Mais il nous faut avancer.

– Avancer ?

– Pensez-vous toujours qu'elles viennent de leur plein gré ?

– Qu'est-ce qui pourrait les y obliger ?

– Le piège ? Proposa-t-il.

– Ce morceau de fer ? Non ! elles ont certainement un message à transmettre à l'humanité.

– C'est quoi ces bêtises ! s'écria-t-il. Ce n'est pas de la science-fiction, c'est bien réel !

– Des bêtises, vous dites ! Vous croyez que vous les avez capturés comme un simple papillon dans un filet et que vous allez les coller dans votre album avec une épingle ?
– Je n'ai jamais dit-ça, mais la science nous oblige à un esprit pragmatique ! Nous n'allons pas ici sauver le monde, et ils ne sont pas non plus venus pour le détruire !

– Qui a parlé de destruction ? Il y a dans ces âmes...

– Ces consciences, reprit-il.

– Il y a en elle, une puissance positive ! Comme de la bonté à l'état pur.

– Vous croyez ? dit-il, en se forçant à découvrir ce qu'elle décrivait.

En fait, pour lui, ces formes était une sorte de dégénérescence de l'énergie. Maintenant qu'elles avaient une forme humaine, elles lui semblaient moins spatiales, beaucoup moins ce prodige lumineux qu'il avait découvert à lui seul ! Une conscience dans l'espace, c'était le projet de base. Ces formes renvoyaient à l'humanité et il n'était ni anthropologue ni psychologue. Elles étaient presque pour lui, un échec personnel.

Sauf, tout de même, qu'il n'était plus tourmenté, sauf qu'il dormait la nuit et qu'il se sentait bien dans sa peau.

– Nous devons les analyser, c'est la prochaine étape ! Annonça-t-il.

Elle fronça les sourcils.
 – Elles veulent communiquer, je vous dis !
 – Nous allons les transporter au labo et l'on pourra voir les couleurs qui les animent, en infographie.
Léa ne savait pas ce qu'était l'infographie, mais elle s'essayait à suspendre son regard sur les mouvements des vêtements spirituels de ces consciences qui donnaient cette impression de drapeau ou vêtement déchiré qui flottait dans le vent. Elle se souvint de son père et des gestes si discrets de ses mains qu'elle parvenait à déchiffrer.
Aussitôt, son esprit inventif, fit le lien entre le langage susurré qu'il fallait deviner et qui lui apparaissait en esprit comme la réponse à une énigme.
 – Elles nous parlent en ce moment ! annonça-t-elle.
 – Ah bon ! fit Éric, incrédule.
 – Doucement ! dit-elle.
 – Doucement, quoi ? demanda Éric.
 – Elles parlent trop vite ! « Il », puisque c'est un homme.
 – Il parle ! Personne ne parle ! C'est bien le problème ! Nous sommes devant des formes spirituelles qui ne daignent pas communiquer avec nous.
 – Il dit que notre science est encore trop hasardeuse. Et que le hasard n'existe pas dans le chemin des énergies.
 – Vous plaisantez là ?
 – Que l'énergie est souveraine là où l'esprit

n'intervient pas.

— Professeur Grinberg, vous me racontez les bases de la mécanique quantique pour me faire croire que vous les entendez ? N'oubliez pas que nous sommes filmés et entendus par des micros.

— La vie dépasse le champ visuel de notre perception. Là-haut est à proximité de la quintessence de l'émanation et ici-bas est éloigné de cette perception. Le monde de la matière apparaît à nos sens uniquement parce que nos sens sont cloisonnés dans l'étroitesse de nos consciences étriquées. Demain comme hier ne sont que deux chemins différents et non séparés par le souvenir et l'actuel. Si nous savions emprunter les voies de la vie libérée, nous serions libres de marcher dans le chemin du passé et d'y revenir indemne. Les griefs psychologiques que l'on reproche à nos détracteurs sont autant de preuves de l'infirmité de ce système incomplet qui nous laisse croire à un unique ruban de vie qui se déroule toujours dans un sens unique.

Eric était abasourdit. Est-ce qu'elle se fichait de lui ou est-ce que c'était un numéro de médium ?

— Rachel !

— Qui ? Ah, oui, c'est moi !

— Est-ce que ça va ? Vous me faites une blague ou quoi ?

— Pas du tout, répondit Léa. Je vous rapporte ce qu'il dit, lui, le premier.

— Mais comment pourriez-vous comprendre tout ça alors qu'ils n'émettent aucun son !

– C'est peut-être surprenant, mais depuis que mon père est tombé malade, qu'il ne communique plus, je parviens à le comprendre juste en me fixant sur ces pauvres mains.

– vous êtes télépathe ?

– Vous croyez ? Non, je suis juste extrêmement sensible, depuis que je suis enfant.

– Écoutez ! Vous avez eu raison avec les formes et le réglage des instruments de capture, donc je ne vous envoie pas à l'asile. Mais, prouvez-moi que vous comprenez ce qu'ils disent.

– Comment ? Je ne veux rien prouver, je comprends, c'est tout !

– Dites-moi, ce que je pense !

– Vous ! S'étonna-t-elle.

– Oui. Je pourrais ainsi témoigner que vous ne racontez pas des blagues. Parce qu'autrement, je vous le dis, on est mal barré !

– Je peux essayer, mais je serais la première surprise si j'y parvient.

Elle le regarda, puis chercha ses mains qu'il tenait derrière le dos, alors elle se reporta sur les traits de son visage et immédiatement, il lui sembla entendre sa pensée.

– Vous dites : « toi, ma belle, si tu entends ce que je pense, je veux bien changer de métier et devenir fleuriste ! »

– Comment savez-vous ça ?

– Mais ! Vous venez de le dire !

– Je n'ai rien dit !

– Ah bon ! Alors, qui a parlé avec votre voix ?

– Mais c'est bien ce que j'ai pensé !

– C'est vous qui le dites maintenant !

– Mais vous êtes ahurissante ! Vous entendez les pensées !

– Vous croyez ? dit-elle innocemment.

– Vous êtes médium ?

– Pour dire la vérité, je ne sais pas trop ce que font les médiums. C'est eux qui plient les cuillères ?

– Mais c'est une catastrophe ! S'écria-t-il.

– Pourquoi ? Pourquoi est-ce une catastrophe ?

– Je ne peux pas être pris au sérieux si j'utilise un médium pour communiquer avec les consciences ! Je croyais que vous étiez un scientifique ! cria-t-il.

– Mais, puisque je suis un professeur reconnu par la commission internationale !

– Justement, ce n'est pas moi qui vous ai choisis, vous comprenez ?

Éric se dit que Cooper allait lui reprocher de critiquer la commission internationale qui risquaient de les licencier. Mais, on ne pouvait pas l'obliger à des voies si peu scientifiques sous prétexte que l'on obtenait de réels résultats. C'était quoi, la suite du programme ? Parler avec des anges ?

– Qu'est-ce que vous voulez faire ? demanda-t-elle.

– Je reviens à mes méthodes ! Je ramène les

consciences au labo et je pratique mes analyses scientifiques.

– Elles ne le permettent plus ! Affirma Léa, de manière catégorique.

– Qui ça ? demanda-t-il, en pensant encore à la commission qui lui imposait tellement de contraintes.

– Les consciences ! dit-elle avec évidence.

– Arrêtez de me dirent ce que disent les consciences ! Hurlât-il. Je vais les embarquer et elles se laisseront faire comme d'habitude !

Pourtant, à peine avait-il prononcé ces paroles qu'elles disparurent les unes après les autres.

– Vous n'avez pas à hurler comme ça ! dit-elle en le quittant aussi.

– Vous n'avez pas à me dire ce que je dois faire ou dire ! C'est mon projet !

– Votre projet, c'est la solitude ! Vous allez rester seul avec vos socles vides comme votre esprit ! Comme votre vie ! Effroyablement seul avec vous-même.

Elle se dirigea vers la sécurité et ouvrit la barrière de séparation avec son empreinte.

LE SOLO DE VIOLON

Lorsque Léa revint chez elle, enfin, dans l'appartement de sa sœur à San Francisco, elle était en colère, déçue, déconcertée. Elle se dirigea à la fenêtre et observa le grand jardin éclairé par des réverbères. Il y avait beaucoup de monde et tous semblaient insouciants. Des amoureux, des joggers, des solitaires avec des oreillettes... Chacun savait-il ce qu'il devait faire dans sa vie ?

Elle avait tenu son rôle à la perfection. Elle avait été le professeur Grinberg, sa sœur. Personne ne pouvait lui faire le reproche d'avoir été trop artiste, trop rêveuse ; pas cette fois.
C'est vrai, qu'elle avait omis de passer cette affreuse blouse blanche. Mais lui non plus, ne l'avait pas enfilé. Au contraire, elle l'avait trouvé très bien habillé pour un homme. Par contre, il était borné, coincé dans son armure scientifique. Comme s'il devait absolument représenter l'honneur de sa profession.

Elle était donc, télépathe ! C'était la meilleure de

l'année, ça ! Avec son père, c'était de la télépathie ? Elle n'avait pas tout simplement interprété ses gestes ? Innocente qu'elle était ! Lui devait le savoir...

Mais peu lui importait, tout ça ! Elle sentait la colère de cet homme, de ce type, cet Éric Fisher, ce viking à tête de poisson, la gagner. Peut-être que tout le monde se fiche de moi dans cette vie. Il voulait comprendre les consciences ou non, ce hareng dans sa saumure ? Elle avait réussi au-delà de toute espérance ! Elle était capable de les comprendre ! C'étaient des êtres vivants qui étaient venu leur dire un truc, quelque chose pour améliorer leur vie ! Mais les humains rabougris, préfèrent mordre la poussière !

Bof ! Elle n'était pas différente ! Elle regarda la jolie pièce aux murs roses. Elle aussi aimait la futilité. Elle appréciait beaucoup ce petit nid de jeune fille. Est-ce que c'était mal ? Non, ils étaient tous comme ça, les humanoïdes, déprimés de naissance. Ils avaient tous perdu quelqu'un, les superficiels. Un père, une mère, un frère, un ami. Un chat ou un perroquet.

Elle, avait perdu sa mère, et elle savait bien qu'elle ne s'en remettrait jamais. Elle avait beau oublier momentanément sa plaie, celle-ci s'infectait de temps à autre. Il fallait donc de nouveau nettoyer, étaler un antiseptique inefficace. Une seule chose réussissait à la soigner momentanément ; C'était la musique. Elle chercha son gros sac pour y extraire son étui à violon. De l'étui, elle ôta son violon et de sa tête chassa les soucis en posant son vieux compagnon entre son épaule et sa joue.

Joue ! Joue ! Joue Léa et oublie le monde, les types méchants, les mécréants, les mecs râlants ! Joue Léa ! Joue, comme jamais tu n'as joué !

Lucie était chez elle et ce soir-là, elle n'irait pas au piano-bar jouer son blues. Car elle voulait en terminer avec ce chemin de vie qu'elle avait entrepris depuis sa naissance. Une vie sans but et sans mesure. Seule, peut-être, la musique valait que l'on se donne à elle, mais même là, aucune note plus aiguisée n'avait saisi son âme depuis longtemps. Aucune nouveauté n'était venue transfigurer son blues. Elle avait déposé les somnifères devant-elle, sur la table basse du salon. Ce soir elle dormirait du grand sommeil. Là-bas, peut-être, une musique différente la prendrait pour une dernière valse. Elle se demanda quel serait le solo ? Cet instrument qui dominerait par-delà, tous. C'est à cet instant qu'elle entendit le violon de Léa. Elle regarda les somnifères, stupéfaite, elle n'avait rien avalée encore ! C'était pourtant la plus belle musique, comment dire ; le plus beau son qu'elle avait jamais entendue. Mais ce n'était pas un enregistrement ! C'était sa voisine ! C'était Rachel ! Dire qu'elle l'avait prise pour une vulgaire débutante ! Mais ce n'était pas vrai ! Cette fille un peu démodée était un virtuose ! Son âme de musicienne était subjuguée.

Des larmes coulèrent de ses yeux et elle décida en cet instant qu'elle désirait vivre pour entendre une telle musique ! Elle sortit de chez elle et ouvrit tout doucement la porte de l'appartement de Léa, pour la voir jouer.

Léa mettait toute son âme dans sa musique, et son violon était le capitaine de son vaisseau qui désirait fendre la mer et subjuguer l'univers de son vol altier au-dessus des vagues. Elle repensa aux consciences et les vit nettement dans son esprit. Là aussi, Elles lui parlaient. Son archer pinçait la corde avec un amour passionnel. C'était un amour véritable et désintéressé qui arpentait les cloisons de son être jusqu'à le vider de tout ce qui n'était pas lui et à cet instant de victoire ou cet instant de défaite, peu lui importait, elle n'était que musique lascive. Plus rien ne pouvait plus s'interposer et elle comprit que son âme la quittait et qu'en cet instant, même si elle aimait la vie, elle comprit qu'elle quittait le carcan de son existence primitive pour se lier avec les consciences...

Lorsqu'elle vit Rachel tomber sur le sol au beau milieu de son morceau, elle fut prise d'une crainte superstitieuse. Celle d'avoir transférée son envie de mourir chez sa voisine. Est-ce que c'était possible ? De nombreux jeunes gens mettaient fin à leur vie, ici à Los-Angeles, comme partout ailleurs dans le monde. Le mal de vivre une vie vide de sens qui frappe les âmes les plus sensibles...

Aussitôt, Lucy appela une ambulance.

Au même moment, Rachel éprouva une secousse dans son cœur. Elle était sûre que quelque chose de très grave était arrivé à Léa. Elle courut vers son père qui affichait déjà un visage livide.

– J'ai ressenti, dit-il. La connexion perdure avec moi aussi.

– Il faut y aller ! s'écria Rachel. Elle a besoin de nous !

– Y aller ! Répéta son père, abasourdit. Mais, tu ne peux pas y aller comme ça et ficher tout par terre ! Tout ce plan mis en place depuis si longtemps !

– Je me fiches de ton plan ! hurla Rachel. Je ne resterais pas ici à m'imaginer le pire ! Nous sommes sa famille ! Alors, soit, tu viens aussi, soit, j'y vais toute seule.

– Calme toi, Rachel, ce n'est peut-être que la rencontre avec les consciences...

– Justement ! J'ai eu tort ! Léa est trop sensible, et d'en faire une télépathe n'a pas dû arranger les choses !

– Alors, j'irais seul ! Et je te tiens au courant !

– Pas question ! Tu es incapable de lui transmettre de l'amour ! Elle n'a que moi au monde depuis la mort de notre mère !

Il reçut cette remarque en pleine figure. Il se demanda si cette douleur qu'elle lui infligeait maintenant n'était pas plus dure que celle qu'il avait

ressenti un instant plus tôt, en comprenant qu'un malheur était arrivé à sa seconde fille et qu'il se demandait s'il la perdrait aussi comme il avait perdu sa mère.
Rachel s'en rendit compte, mais elle savait qu'une nouvelle partie d'échec était engagée avec son père et cette fois, elle ne perdrait pas.

– Tu ne me gardera pas prisonnière ici !

– Tu sais bien que vous ne pouvez pas exister toutes les de San Francisco aux   ensembles !

– C'est ton problème ! Ce n'est plus le nôtre ! Je refuse de continuer ce jeu ridicule.

– Et comment te présenteras tu ? Que diras tu au professeur Fisher ? À la commission ?

– C'est simple, je me présenterais au nom de Léa puisqu'elle s'est présenté à mon nom.

– Tu nous mets en danger en dévoilant que vous êtes jumelles !

– Alors je dirais que je suis sa jeune sœur !

– Et les papiers ? As-tu pensé aux papiers ?

– Ceux que tu as préparé pour Léa me suffirons !

Il accusa de nouveaux le coup et elle sut qu'elle avait fait échec et mat. Il voulut objecter mais se dit que c'était inutile. Il s'assied péniblement sur une chaise, une vieille chaise de bois. Et il pleura. Il pleura pendant un temps qui lui parut une éternité.
Rachel se força à rester insensible en se disant qu'il pouvait aussi utiliser les larmes pour la faire

flancher sur sa décision. Mais elle ne marcherait pas dans son jeu, pas cette fois.
Lorsqu'il se releva, il était prêt et avait envisagé les moindres détails.

– On fait ça dans mes conditions ! Annonça-t-il.

– De toute façon, je n'ai plus de voiture et je ne pense pas qu'un taxi viendra jusqu'ici.

– Premièrement, tu te teins les cheveux en brun !

– Quoi ! Mais pourquoi ? Qu'est-ce que ça change ?

– Vous êtes jumelles et ça se voit ! Si tu es brune, tu détourne l'attention sur cette évidence, on peut croire que tu es juste sa sœur !

– Tu ne veux pas aussi me faire une opération de chirurgie esthétique, tant que tu y es ?

– J'y ai bien pensé, mais nous n'avons pas le temps. D'ailleurs, moi aussi, je me donne un coup de jeunesse !

– Quoi ! Tu vas aussi te teindre les cheveux et la barbe ?

Il avait tout préparé et une heure plus tard, Rachel et son père étaient bruns. Elle se regarda dans le miroir, incrédule.

– C'est fou ! dit-elle. Je ne me ressemble plus ! C'est bien mes traits mais ce n'est plus moi ! Quant à toi ! Je ne sais pas quoi dire ! Tu n'as presque pas de rides, je n'avais jamais vu ! Tu as l'air au moins trente ans de moins !

– C'est exactement ce qu'il nous faut ! Tu es ta sœur désormais et, moi ton mari.

– Mais pourquoi tu te ferais passer pour mon mari ?

– Parce que le professeur Grinberg est mort.

– tu délires, là ? demanda-t-elle.

– Voici nos papiers, ils sont en règle. Nous sommes monsieur et madame Shésor,
dit-il en lui tendant une carte d'identité et un portefeuille.

– Quoi ! s'étonna-t-elle. Tu lui avais déjà teinté les cheveux pour la photo ? Et tu me caches des choses ! Pourquoi tu changes d'identité ?

– Parce qu'on ne quitte pas un poste comme le mien impunément. Pourquoi crois-tu que nous sommes dans ce trou de nature ? Pour mon amour des poules ?

– Et les poules ? réalisa-t-elle.

– On laisse le poulailler ouvert et elles se débrouillent. À moins que tu tiennes plus à tes poules qu'a ta sœur ?

– Très drôle, dit-elle en rangeant les papiers dans son petit sac de voyage. Mais puisque je suis ma sœur, aucun risque que j'appelle le professeur Fisher pour prendre des nouvelles de Léa.

– Ce n'est pas la peine. Je l'ai appelé pendant que tu étais dans la salle de bain. Il ne sait rien. Ils se sont quittés en mauvais termes, si j'ai bien compris.

– Alors, je contacte Lucy, ma voisine.

Mais Lucy n'était pas en état de répondre. Elle était partie avec l'ambulance en oubliant de prendre son téléphone.

Derrière le poulailler, il y avait un gros rocher qui n'en était pas un. Il tira la bâche et une moto apparue.

– En moto ! s'étonna-t-elle.

– Mieux que ça, dit-il en ôtant complètement la bâche.

Un side-car apparut.

– Tes cheveux vont pouvoir sécher en chemin, annonça-t-il, avec un sourire vengeur. Je n'ai qu'un casque !

Voyager ainsi avec son père était grisant et étrange. Dommage que ce fût pour une raison dramatique, elle aurait tant apprécié cet instant, dans d'autres conditions. Pourtant, sans s'abandonner complètement, son esprit scientifique savait faire la part des choses et observer l'instant présent pour ce qu'il était. Premièrement, elle ne savait pas qu'il savait conduire une moto. À son souvenir, il n'avait jamais passé aucun permis. Sans doute voyageait-il, ici, avec un faux permis. Ce n'était pas le genre de sujet qui sollicitait sa patience.

Deuxièmement, C'était si étrange de le voir si changé, avec les cheveux et la barbe noire. Troisièmement, pourquoi se faire passer pour son mari ? Quatrièmement, au moment de rétablir la vérité, il s'empêtre de nouveau dans le mensonge et la supercherie. Était-ce un problème psychologique ou l'habitude de se cacher, contracté au pays des complots politiques ?

Elle le trouva beau. Lui ressemblait-elle physiquement ? Au dire des gens, avec sa sœur elles ressemblaient toutes deux à leur mère.

– Tu m'entends ? demanda-t-elle, en forçant sa voix.

Elle avait effectivement les cheveux au vent. Elle avait décidé de ne pas les attacher pour rentrer un peu plus dans le rôle de sa sœur.

– Oui, répondit-il.

Le paysage dans la nuit était un peu effrayant, et il n'était pas un bon motard, c'est pour ça qu'il avait opté pour le side-car qui était beaucoup plus stable qu'un deux roues.

– Pourquoi avoir pensé à cette histoire de mari et femme ? Ça va encore me poser des problèmes !

– Quel problème, dit-il avec un grand sourire ? Il n'est pas beau ton mari ? Elle n'est pas belle, ma femme ?

– Et si je veux me marier, mon futur mari me regardera comme une femme divorcée !

– Qui a dit que j'acceptais de te donner le divorce ?

– Pourquoi n'être pas juste un ami ou un frère, si tu veux t'inventer un personnage ?

– Tu as vu un frère habiter avec sa sœur ?

– Tu vas habiter avec moi ?

– Où veux-tu que je dorme ? Chez Lucy ? Tu serais peut-être son genre, mais la pauvre est très fragile.

– Un bon divan me suffira. Et puis, toi, par contre, tu n'es pas mon genre. Je préfère les blondes !

Elle se replia sur elle-même, dans son « cockpit ». Ce n'était pas évident de parler avec un père comme ça. C'était pire que les discussions avec le professeur Fisher. Elle eut un pincement au cœur. Elle n'était pas indifférente au charme fragile du savant, sa recherche naïve de l'idéal scientifique. Et c'était sa sœur qui maintenant discutait avec lui.
Elle s'en voulue immédiatement, la pauvre n'avait rien demandé.

À cet instant, alors qu'elle commençait à somnoler sur une route bordée de platanes au clair de lune, le son d'un hélicoptère les surprit. Pour elle, ce n'était sans doute rien d'important, mais lui ne l'entendait pas de cette oreille et fit immédiatement pénétrer la moto dans le sous-bois et éteignit le moteur et le phare.

– Qu'est-ce qu'il y a ? demanda-t-elle.

– Tu n'entends pas ?

– L'hélicoptère ! Et alors ? Quel rapport avec nous ?

– Tu crois qu'ils sont à la recherche de la reine d'Angleterre ?

– Mais tu es parano, ma parole ! Ta fille est peut-être à l'hôpital et tu veux te cacher sous les arbres parce qu'un hélicoptère croise par hasard notre chemin ?

– C'est moi qu'ils cherchent !

– Mais qu'est-ce que tu as fait de si terrible ? Pourquoi tu me dis que tu es mort, que tu changes d'identité et qu'ils te traquent ?

– J'ai des documents en ma possession que les deux pays voudraient obtenir.

– Quels documents ?

– La méthode pour transférer la télépathie depuis l'esprit d'un des deux jumeaux vers d'autres receveurs en séparant les deux jumeaux pour créer une zone de transmission.

– Quoi ! Tu as réellement mis au point une telle méthode ? C'est comme ça que Léa est devenue télépathe ?

– Oui.

– Mais ce n'est pas sans danger ! Tu t'en es rendu compte !

– Pour moi ?

– Non, pour elle ! Échanger des pensées avec les consciences l'a projeté dans leur esprit ! Elles ont établi un réseau de transfert ininterrompu !

– Tu crois ? dit-il inquiet.

– Ce sont des consciences infinies qui se projettent dans le cosmos ! Comment ta fille va-t-elle supporter cet échange de conscience dans l'infini ? Est-ce qu'elle est désincarnée comme elles ?

– Tu disais que c'était une idée géniale !

– Je n'avais pas saisi l'étendue du problème, avoua-t-elle. Je pensais qu'il s'agissait uniquement d'une discussion !

– Avec les jumeaux, c'est toujours un transfert. Tous les pays du monde seraient prêts à payer une fortune pour un réseau de transmission comme celui-là !

Elle le regardait incrédule. En constatant tout-à-coup que cet homme était dangereux pour lui-même et pour ses filles. Mais, bon, pensa-t-elle, en haussant les épaules, on ne choisit pas ses parents.

– Alors, tu penses qu'ils sont à nos trousses ? demanda-t-elle. Comment t'ont-ils trouvé, tout-à-coup, puisqu'ils avaient perdu ta trace depuis des années ?

– Ils savaient très bien que j'étais ici, tout ce temps.

– Ah, bon ! Dans ce cas ? Qu'est-ce qui les a retenus de te cueillir avec leur hélico ?

– Le terrain où non habitons est une propriété du gouvernement russe. Un vieil accord passé avant la guerre froide. Mais dès que je sors, ils me veulent, moi et mes recherches.

– Mais qu'est-ce qui les a avertis que tu es sorti de ta tanière ?

– Toi !

– Moi ! Tu plaisante ?

– Ce n'est pas si difficile de mettre ton portable sur écoute ou de placer un traceur dans ton sac.

– Mais alors ! Pourquoi tu sors, aujourd'hui, si c'est si dangereux pour toi ?

– J'ai perdu ma femme. Je ne veux pas la perdre une seconde fois.

– Tu parles de Léa ou de moi ?

– Ta mère vous à confier à moi, toutes les deux, pour vous protéger. Elle m'a dit que c'est comme ça qu'elle restait encore à mes côtés. En voyant comment vous lui ressemblez physiquement toutes les deux. Combien les manières et le caractère de Léa fait perdurer sa présence dans ma vie. Avant cette promesse, on ne peut pas dire que j'étais un père très présent dans votre quotidien.

Il se moucha avec sa manche.

– Peu importe ma sécurité si je perds l'une d'entre vous, j'ai perdu plus que ma vie.

Elle avait du mal à ne pas pleurer. À ne pas se blottir dans ses bras. Pourtant, quelque chose la retenait encore, qui était peut-être de la fierté. Une fierté enfantine qui tourne un peu à la vengeance. Ou peut-être parce qu'elle était enfermée dans une boite de sardine, à l'intérieur du side-car. Elle aurait voulu, ne serait-ce qu'un geste d'amour envers lui, mais elle lui tendit simplement un mouchoir.

– C'est vraiment dégouttant de s'essuyer sur sa manche comme ça !
Il sourit.

– Moi aussi, je t'aime, ma fille. On repart ?

Et ils reprirent la route sans interruption autre que les étoiles de la nuit et les oiseaux dans les arbres. Tant et si bien qu'elle se demanda s'il ne l'avait pas encore une fois mené en bateau avec son hélicoptère.

Éric commença à se soucier de ce qui aurait pu arriver au professeur Rachel Grinberg. Qu'il n'ait pas été d'accord avec cette méthode non scientifique ne voulait pas dire qu'il voyait chez elle un ennemi. L'estime qu'il avait eu le premier jour pour la jeune femme, n'avait pas disparu. Même s'il devait admettre que leur conception de la science différait totalement. Chez Rachel, la science pouvait admettre toutes les déviations que l'évidence mathématique niait sans réserve. Elle ressemblait un peu à cette image populaire des alchimistes, lesquels étaient en fait les premiers chimistes. Ces hommes qui recherchaient le sens profond de l'émergence de l'existence. La solution, la recette de la vie, cristallisée sur l'objet légendaire de la pierre philosophale.

Mais on avait quitté cette époque-là depuis des lustres et Mary Shelley écrirait aujourd'hui un Franck Einstein électronique. Un simple robot qui pouvait porter l'identité épurée d'un homme bel et bien mort.

Comment une femme aussi douée que Rachel Grinberg pouvait même envisager de résoudre les problèmes de communication avec les consciences par le biais d'une solution aussi douteuse, aussi peu

scientifique que la transmission de pensée ?
Pourtant, il y avait un peu de mauvaise foi dans son absolue négation, car n'est-ce pas à propos de la mécanique quantique qu'il a été dit qu'elle admettait le principe de la télépathie comme une fonction naturelle des ondes cérébrales ou des ondes tout court ?

Pourquoi le beau-frère de Rachel l'appelait justement ce soir, extrêmement inquiet sur son état de santé ? S'était-il vraiment passé quelque chose ?
Mettant de côté son échec face au retrait des consciences, suite à sa décision de les transporter et peut-être même, sa décision d'interrompre le contact établi avec la jeune savante, il fit le numéro de Cooper.

Lucy était assise dans le couloir du Zuckerberg San Francisco General Hospital. Elle était hébétée. Que s'était-il passé ce soir ? Pourquoi justement ce soir, avait-elle décidé que c'était trop ? Pourquoi justement ce soir, Rachel avait-elle reprit son violon ? Il y avait eu un échange, elle en était à peu près sure, sans pouvoir ni le comprendre ni l'expliquer.

Deux heures plus tard, Éric et Hervey Julius Cooper, que tout le monde à sa demande, appelait simplement Cooper, rentraient dans le bâtiment des urgences.
La jeune femme avait été admise dans un état

critique. On ne savait pas bien ce qui avait provoqué le coma profond dans lequel elle était tombée. Son corps ne souffrait apparemment d'aucune lésion, mais son esprit avait entamé un retrait des fonctions d'éveil. C'était comme si le cerveau exerçait son activité en deçà des zones d'analyses neurologiques cognitives habituelles.

Éric était profondément choqué. Avait-il provoqué cette situation de quelque manière que ce soit ? On ne lui permit pas de la voir et ils attendaient tout bonnement dans les couloirs sans se résoudre à quitter les lieux même s'ils se sentaient inutiles.
Peut-être trois ou quatre heures plus tard, ils virent une jolie brune qui se précipita vers les infirmières en demandant si sa sœur, Rachel Grinberg avait été internée ce soir. On lui répondit par l'affirmative mais que celle-ci n'était pas encore visible, compte tenu de la gravité de la situation, et que l'impossible avait été tenté pour la ranimer, en vain.

Elle fut bientôt rejointe par un homme aussi brun qu'elle, un casque à la main et qui semblait bien plus touché par la situation qu'il ne voulait le laisser paraître.
Cooper et Éric se regardèrent avec ce regard gêné. Ils ne savaient comment se présenter à la sœur de Rachel, comment l'aborder. C'est elle qui, un peu perdue, les yeux remplies de larmes, se retourna brusquement et se retrouva né à né avec Eric.

Ils furent tous les deux extrêmement surpris. Elle

de se retrouver subitement devant le professeur, et lui de revoir les traits exacts de Rachel chez sa sœur. Rapide comme l'éclair, le père des jumelles, décela le malaise de situation et intervint rapidement en tendant sa main au savant.

— Dr Fisher, je suis le beau-frère de Rachel, c'est moi qui vous ais parlé au téléphone.
Éric dégagea difficilement ses yeux de « la sœur de Rachel » pour capter le regard inquisiteur de son présumé mari.

— Vous me connaissez ? s'étonna Éric, tandis que Rachel se faisait la même question.

— En photo, jusque-là.

— C'est, comment vous dire, tellement étrange ! Excusez-moi, mais, votre femme ressemble tant à sa sœur avec qui j'ai travaillé, que j'ai cru, un instant, la revoir devant mes yeux !

— Oui, c'est vrai, mais c'est normal pour deux sœurs.

— Bonjour, monsieur, intervint Cooper, je suis Cooper, c'est moi qui en coulisse organise la possible réalisation des projets des deux savants.

Un docteur s'avança à leur rencontre. Lui aussi avait des questions. Il entraîna le groupe en y rajoutant Lucy qui les suivit sans vraiment les voir, dans un bureau que des infirmières quittèrent précipitamment à son approche.

— Je dois établir un diagnostic, dit-il avec autorité et nous ne parvenons pour l'instant pas à détecter la cause du coma.

– Est-ce qu'il y a encore une activité cérébrale ? Voulu savoir Rachel.

– Nous avions d'abord pensé que non, mais l'électro-encéphalogramme qui enregistre l'activité électrique du cerveau nous a révélé le contraire. C'est comme si la matière grise était sollicitée uniquement dans son extrémité cognitive.

– Vous voulez dire que l'activité n'est pas chiffrable dans le quanta rationnel ? demanda Éric en surprenant tout le monde.

– Oui, d'une certaine manière. Si on pouvait exactement chiffrer cette activité, elle semble être tout au plus d'un degré de moins quinze au-dessous de zéro.

– Plutôt froid, dit Cooper avec amertume. Est-ce que le professeur Grinberg va se remettre sur pied dans les jours qui suivent ? c'est ce qui nous intéresse !

– Vous êtes sérieux ? Nous allons la plonger dans un coma artificiel et la placer dans une tente réfrigérée !

– Un coma artificiel ! Pourquoi faire ? Il faut la sortir du coma au contraire ! Nous avons besoin d'elle ! Une commission internationale va se tenir bientôt et elle est au cœur du projet !

– Vous plaisantez, là ? Nous sommes, selon mon expérience, partis pour des mois de coma. Peut-être des années !

– Vous êtes payé pour nous terroriser ? demanda le père des jumelles.

— Qui êtes-vous, monsieur ? demanda le médecin ?

— Je suis le beau-frère de cette jeune fille qui n'a aucune raison logique d'être dans cet état !

— Si elle ne consommait pas d'alcool, ne faisait pas de crise d'épilepsie, et n'a subi aucun traumatisme crânien, ni méningite aiguë ! C'est aussi ma question.

Connaissez-vous une possible cause de ce coma ?

Personne ne répondit. Le docteur trouva ça suspect. Il avait un visage ingrat mais tout son être respirait l'intelligence. Ce qui leur donna à tous l'impression de se retrouver devant un inspecteur de police qui les jugeait d'emblée, coupables.

— Nous l'avons hospitalisé, grâce à l'intervention de sa voisine de palier, ici présente, dit-il. Quelques minutes encore et elle nous glissait entre les doigts.

— Merci, dit Rachel, en se tournant vers Lucy qui pour la première fois remarquait l'intense ressemblance des deux sœurs. Pourquoi discutaient-ils tous de la sorte ? Pourquoi personne ne pleurait ?

— Si vous m'aider à cerner la raison de cette situation, je gagnerais du temps et elle aussi... Ils se regardèrent, comme dans un vieux film sur Sherlock-Holmes. Tous étaient liés par un point de perspective différent qui aboutissait à ce jour, à cette minute, à cet instant de culpabilité.

Le père des jumelles revoyait tout ce laborieux

chemin de vie, ce chassé-croisé entre les laboratoires secrets du KGB et la maison aux volets fermés. Les décisions prises en vitesse, sans se concerter avec personne. En assumer les conséquences, faire de deux âmes, une seule identité. Nier jusqu'aux besoins légitimes de l'enfance, deux fillettes qui jouent ensembles dans la cour, deux jumelles complices qui vont ensemble à la rencontre de l'adolescence. Ses filles, ses pauvres filles, n'ont vécues la vie et sa bouffée d'air que par intermittence. Pour arriver à ce jour funeste cristallisé sur une seule vie, de nouveau. Il avait transformé l'intuition de sa fille en émetteur-transmetteur. Il était le seul responsable.

Éric se souvenait de la jeune fille qu'il avait découvert endormie dans son laboratoire. La position hostile qu'il avait affirmé dès leur premier échanges. Sa méprise fondée sur des préjugés de pacotille. La rencontre de cet autre savant, si ouvert, si brillant. Sa confusion devant sa prescience, son admiration devant sa foi, sa détermination. Et jusqu'au bout, il avait nié son positionnement par rapport à la mécanique quantique. Cette tension qu'il lui avait fait subir était seule responsable de ce coma subit qui le privait du meilleur collaborateur et de l'unique femme qui l'acceptait et le comprenait.

Rachel s'en voulait de ne pas avoir pris en compte la sensibilité de sa sœur, sa fragilité, en lui confiant, non plus, une simple substitution dans le rôle d'une élève de lycée, mais bien sa place au sein d'un projet extrêmement complexe, face à des entités spirituelles qui demandaient une analyse froide et mathématique et non une fragilité qu'elle connaissait bien. Elle avait accusé son père, mais elle le comprenait maintenant, elle était la seule coupable d'avoir sacrifier la santé de sa sœur jumelle.

Lucy se voyait coupable d'un transfert de malheur, de destin ; elle avait transmis sa propre crise de mal-être à sa voisine, à son amie, qui à sa place avait fui la réalité.

Seul Cooper ne se sentait coupable en rien et n'envisageait pas de s'incriminer pour avoir donné du travail à une scientifique compétente. De plus, contrairement aux autres, il avait du mal à intégrer la nouvelle de ce coma soudain. Il n'y comprenait rien et pour n'avoir vu la jeune-fille que par photographie, il ne ressentait aucune sorte de peine pour elle. Il était juste ennuyé de voir ses projets contrariés par ce coup de malchance. Juste à quelques jours d'une rencontre internationale si importante !

Léa comme d'autres présences, d'autres consciences, d'autres âmes à ses côtés, voyait tout ça, en cet instant et dans cette même pièce, elle entendait clairement ces esprits qui pensaient, tous inquiets à leur manière, perdus et qui cherchaient une porte de sortie encore escamotée par la peine, la culpabilité, la passion. Elle aurait voulu leur dire qu'il n'y avait pas lieu de s'inquiéter pour elle, qu'il ne fallait plus chercher une solution qui se présentait déjà à eux. Elle entrevit même deux solutions à deux problèmes différents, et dans son mode d'existence qui était la pensée, passa à l'action.

LE PAPIER CADEAU

Ils sortirent tous dépités, perdus, désorientés. Qu'est-ce qu'ils avaient imaginé ? Qu'est-ce qu'ils ont réellement trouvé ? Dans ce genre de situation, on se découvre soi-même, seul et désorienté. Il leur était impossible de la voir pendant encore un jour ou deux. Ils n'avaient que leur imagination et les images insensés d'une personne dans le coma, ce qui est toujours moins terrible que la réalité que l'on rencontrera ensuite.

Rachel rentra machinalement dans la caisse de métal du side-car. Son père était encore debout face à l'hôpital. Il semblait attendre quelque chose, sans savoir quoi.

Éric et Cooper montèrent chacun dans leur voiture. L'un et l'autre, mirent quelques minutes avant de démarrer. Pourtant, après quelques mètres à peine, Cooper freina brusquement et Éric qui faillit lui rentrer dedans, donna un grand coup de klaxon. Devant les phares de la Ford, il y avait une jeune fille égarée qu'il avait failli écraser.

Cooper sortit en colère, mais en voyant son visage

perdu, la fit monter dans sa voiture.

– Indiquez moi votre adresse, je vous ramène chez vous, dit Cooper d'une voix calme.
Elle énonça machinalement l'adresse sans trop réaliser quoi que ce soit.
Éric, qui ne savait comment il devait réagir, suivit simplement la voiture de Cooper. Il n'avait pas eu un seul regard pour la voisine alors que la pauvre fille était peut-être seule et en détresse. Est-ce qu'il avait un problème avec les femmes ? Arrivés devant l'immeuble en forme de chalet, il descendit par curiosité pour se figurer Rachel dans cet immeuble.

– Qu'est-ce que tu fais là, lui demanda Cooper en sortant à son tour de voiture.

– Je ne sais pas trop. J'étais curieux de savoir où elle habitait. Alors je t'ai suivi. Et toi ?

– Tu vois, je raccompagne la voisine qui n'est pas trop dans son assiette.

– C'est curieux ces immeubles en forme de chalet ! dit Éric qui n'était jamais venu par ici.

– C'est typique du quartier expliqua Cooper. Tu as l'air d'être en pèlerinage. Elle n'est pas encore morte, je te signale !

– Le coma, c'est un carrefour avant la mort. On en sort rarement indemne.

– Alors on est mort, nous aussi, annonça Cooper.

– Pourquoi tu dis ça ?

– Parce que sans le brillant professeur Grinberg, plus personne ne va nous suivre. Les consciences y compris.

– C'est possible, acquiesça Eric. Mais, pour dire la vérité, ce soir, je m'en fiche pas mal.

Lucy sortit de l'auto. Elle regarda les deux hommes qu'elle ne connaissait pas.

– C'est chez moi ? demanda-t-elle.

– C'est l'adresse que vous avez demandée ! affirma Cooper.

– Merci, dit-elle.

Elle marcha comme une somnambule jusqu'à la porte de l'immeuble et vacilla sur ses jambes sur les quelques marches du perron.

Éric et Cooper coururent vers elle.

– Vous n'êtes pas bien ? dit Cooper.

– C'est la fatigue, avoua-t-elle. J'ai très peu mangé depuis hier et cette histoire de coma m'a fichue un sacré coup.

– C'est très dur, concéda Cooper.

Éric se dit que Cooper devait parler du fait qu'il voyait son projet se faire la malle. Mais l'essentiel était sûrement d'être malheureux ensemble de la même cause, même si l'effet était différent pour l'un et pour l'autre.

– Le plus étrange, rajouta Lucy, c'est que c'est moi qui aurais dû être là-bas, à sa place ou dans un cimetière, à l'heure qu'il est.

– Pourquoi dites-vous ça ? demanda Eric.

– J'ai voulu me suicider.

– Mais pourquoi ça ? questionna Cooper.

– Pourquoi ? reprit Lucy en se moquant d'elle-même. Est-ce qu'il faut des raisons pour partir en voyage ? L'ennui peut-être, ou la crainte de rester trop longtemps sur le quai.

— Il y a toujours un dernier train, un dernier bateau inespéré ! annonça Cooper avec ferveur.

— Oui, c'est vrai, avoua-t-elle. Rachel a été mon dernier ticket pour la vie.

Ils voulurent en savoir plus mais Rachel et son père arrivaient aussi et Rachel proposa immédiatement de raccompagner Lucy chez elle.

— Est-ce que je pourrais voir son appartement quelques minutes ? demanda Éric à la surprise de tout le monde.

— Pour quoi faire ? répondit sans ménagement monsieur Grinberg.

— Je l'ai si peu connu, si mal connue, alors qu'elle a travaillé avec moi. Elle est si exceptionnelle ! Je regrette tellement de ne pas lui avoir dit combien j'avais apprécié ces quelques heures à ses côtés. En fait, elle a totalement changé ma manière d'envisager le monde et la science.

Il avait les larmes aux yeux en faisant cet aveu.

— Je suis sûr qu'elle vous entend et qu'elle est très touchée, répondit Rachel avec émotion.

À cet instant, Cooper eut un déclic.

— C'est fou ! dit-il. Si on vous teignait en blonde, vous auriez exactement la même tête que votre sœur !

— Vous croyez, dit Rachel gênée, en touchant ses cheveux teints comme si elle vérifiait que son masque tenait bien.

– Qu'est-ce que tu en dit Éric ?

Monsieur Grinberg qui pensait toujours trois pas en avance, préférera ne pas intervenir tout de suite.

– Oui, confirma Éric. J'admets que votre ressemblance est choquante ! Si vous n'étiez pas brune, j'aurais pensé la revoir.

– Je ne sais pas si c'est le bon moment pour vous en faire part, mais je viens d'envisager une solution pour sauver le projet de votre sœur et peut-être son avenir, dès qu'elle sera de nouveau sur pied.

– De quoi tu parles ? Intervint Éric. Ces gens ont d'autres soucis que tes projets de travail !

– Dans deux jours, se réunie la commission internationale, expliqua Cooper sans calculer l'opposition de son associé scientifique. Si Rachel n'est pas avec nous, on perdra l'engouement qu'elle a provoquée dans tous les pays ! Il se peut même que les sujets en observation ne soient pas présents si Éric se retrouve seul sur le terrain.

– Vous voulez qu'elle remplace sa sœur ? demanda monsieur Grinberg, intéressé.

– Exactement ! Répondit Cooper avec enthousiasme ! Elle prendrait la place de sa sœur et ceux qui l'ont observé derrière une caméra n'y verront que du feu ! Si elle accepte de se teindre les cheveux en blond, elles seront pratiquement identiques et elle pourra sauver le projet !

— Je ne sais pas, dit Rachel, très gênée devant ce retournement de situation inattendu ;

Elle retrouverait son identité et son travail à la fois ! C'était inespéré pour elle.
Elle eut tellement envie de dire oui, qu'elle secoua la tête négativement. C'était un peu comme si elle reprenait à sa sœur ce qu'elle lui avait donné de bon cœur. Et elle ne pouvait pas faire ça. Pas aujourd'hui.

— Et les papiers d'identité, et les empreintes digitales ? demanda monsieur Grinberg qui entrevoyait déjà la possibilité qui lui était offerte de rétablir Rachel, sans que Léa ne soit dérangée de sa réinsertion. Qui plus-est, Rachel ne le forcerait pas cette fois ci de manipuler qui que soit, puisque c'était ce Cooper qui prenait le projet en main !

— Oui, c'est un détail important, mais je peux peut-être arranger les choses ! Désolé d'avouer ça ouvertement, mais si vous acceptez, je me débrouille pour effacer les anciennes empreintes et vous n'aurez plus qu'à les enregistrer de nouveau ! Pour les papiers, nous verrons comment on s'organise. Votre sœur à des papiers, vous reprenez son identité !

— Pratique ! Remarqua monsieur Grimberg, en pensant qu'il n'était pas le seul à provoquer les changements d'identité. Mais nous venons de remplir tout un tas de feuille pour enregistrer la malade à son nom.

— Oui, évidemment, c'est embêtant. Si j'y avais

pensé avant je vous aurais empêché. On trouvera un moyen pour ça aussi !

– Mais ce n'est pas Rachel ! S'écria Éric. Cette fille est irremplaçable et tu complotes derrière son dos alors qu'elle est sans connaissance ! Tu veux la remplacer par sa sœur qui ne connaît rien à la science ?

– Ce n'est pas tout-à fait juste ! Intervint monsieur Grinberg. Elle est aussi savante que sa sœur et si j'accepte de vous prêter les services de ma femme, comme je suis un mari jaloux et que le professeur Fisher est joli garçon, je me joints à la fête pour vous prêter main forte !

– Alors, ça devient le cirque ? S'exclama Éric.

– Nous sommes dans la famille tous agrégés de physique, vous n'aurez pas intégré des associés incultes dans votre équipe !

– Tout çà, c'est grotesque ! s'écriât Éric, en tournant le dos pour rejoindre sa voiture.

– Vous ne vouliez pas monter ? demanda monsieur Grinberg.

– Vous m'avez coupé l'envie, avoua Éric en regagnant le parking.

– Ne vous inquiétez pas, je vais le convaincre ! Affirma Cooper en courant derrière Éric.

– Je suis d'accord avec lui ! dit Rachel en partant à son tour avec Lucy. Il faut vraiment être opportuniste au plus haut point pour envisager tout ça alors que ma sœur est dans le coma !
Cooper se retourna en entendant la conclusion de Rachel. Allait-il perdre une si belle occasion de sau-

ver les apparences à cause de leurs scrupules ridicules ?

– Ne vous inquiétez pas, dit à son tour, monsieur Grinberg, je vais la convaincre !

Et ce fut en effet le cas. Monsieur Grinberg et Cooper passèrent une grande partie de la nuit à argumenter. Tant et si bien, qu'au matin, avec inquiétude, lassitude et résignation, les deux parties acceptèrent de se rencontrer pour échafauder un plan d'action.

Cooper reçut les antagonistes chez lui, dans un pavillon d'allure anglaise. Le salon était vaste. De la musique de Ray Wilson en sourdine, et un petit déjeuner astronomique. Aux murs, d'imposants tableaux abstraits.

– Je ne connaissais pas ce peintre, dit Éric pour casser l'ambiance « as-tu vu mon argent » qui le rendait mal-à l'aise devant cette fille dont la sœur était dans le coma.

– Tu ne peux pas connaître parce que c'est de moi, expliqua Cooper.
Il portait un plateau avec des liqueurs.

– Tu peins ? s'étonna Éric.

– Je voulais décorer mon « chez-moi », et j'hésitais entre figuratif et abstrait. Comme je n'y connais rien à la peinture, j'ai fait le tour des galeries. Les tarifs étaient exorbitants. Lorsque je me suis décidé pour un tableau pas trop effrayant, j'ai demandé le prix et alors que je m'apprêtais à payer, j'ai rangé ma carte bleue, ai cherché un dis-

tributeur de billets, ai retirer la somme en liquide.
– Tu as payé cash ?
– Oui. Mais pas à la galerie. J'ai tout donné à un SDF pour qu'il reparte à zéro.
– Vraiment ? demanda Rachel, impressionnée !
– Vous pensiez de moi que je n'étais qu'un homme d'affaire intéressé, n'est-ce pas ?
– Nous croyons au rêve américain, Cooper, dit monsieur Grinberg, pour défendre sa fille.
– Je ne suis pas complètement désintéressé puisque je vous le raconte.
– Si c'est pour nous convaincre de travailler avec vous, ne vous donnez pas ce mal, nous sommes déjà là, c'est bon signe.
– Une liqueur ? Proposa-t-il avec un grand sourire ?
– C'est vous qui l'avez faite ?
– Comment vous savez ? S'étonna-t-il. J'ai mélangé de la liqueur de cédrat avec de la vodka.
– Je n'ai pas trop l'habitude de boire, avoua Rachel.
Éric cru entendre « sa sœur ». Elle s'en rendit compte.
– De bon matin, rajoutât-elle.
– Alors, tu as vraiment peint ces grandes toiles ? Éric.
– Oui. Me suis amusé, même si j'ai mis trois jours pour enlever la peinture collée sur mes mains et mes cheveux.
– Tu as du temps à meubler ?

– Je prépare mon futur ménage. Je rentrerais ma moitié dans cette maison dès qu'elle sera prête.
– Ta moitié ?
– Non, ma maison.
– C'est une question d'aménagement, plaisanta monsieur Grinberg. Vous faites le papier cadeau pour y introduire son contenu ensuite.
– Oui, question de point de vu. Vous êtes mariés depuis longtemps ?
– Qui ça ? Répondit Rachel en oubliant son rôle.
– Eh bien, vous deux !
– Ah ! Nous deux ! J'ai complètement oublié ! Demandez-lui, à lui, c'est un vrai ordinateur.
– Depuis mes premières rides, je crois.
– Vous faites plutôt jeune pour dire ça ! S'étonna Cooper.
– Oh, j'ai dépassé la trentaine depuis dix ans au moins.
– Ce n'est pas vrai ! S'étonna Cooper. Vous avez une crème miracle ?
– Je suis juste un passionné. Les gens passionnés vieillissent moins vite !
– Votre femme doit-être bien plus passionnée que vous alors ? Observa Cooper.
– Elle a commencé plus tard, c'est pour ça. Dites, sans vouloir vous vexer, je pourrais avoir la vodka sans le jus de cédrat ?
– De bon matin ! Vous allez me choquer !

Sur la table était un aménagement de fruits,

légumes, yaourts, fromages et omelettes en tous genres avec des petits pains blancs et noirs. Ils s'y installèrent avec l'impression d'être à l'hôtel.

– Sympathique, chez vous, Cooper, dit monsieur Grinberg, j'aime beaucoup.

Cooper lui déposa une grande bouteille de vodka devant son assiette. Monsieur Grinberg l'inspecta.

– Grey-goos, une française !

Il l'ouvrit, la huma, s'en servit un petit verre qu'il fit tourner, la huma de nouveau, puis goûta avant de vider son verre d'un trait.

– Hé ! Vous êtes un spécialiste ! Ma parole !

– Je viens de Russie. Là-bas, la vodka est comme le vin des français.

– Et le verdict ?

– Très souple, pleine et vive en alcool, elle reste bien en bouche avec un goût raffinée. Pas mal !

– Moins agressive que les russes ? demanda encore Cooper.

– Agressivité positive, souligna monsieur Grinberg.

– Dites-moi, professeur Grinberg ?

– Oui, répondit-il, sans-y prendre garde.

Éric et Rachel, sursautèrent.

– Pourquoi avoir quitté la Russie en plein succès ? Et pourquoi vous déguiser dans ce pays d'accueil qui ne vous veut que du bien ?

Le professeur s'immobilisa.

– Ne m'en voulez pas, surtout professeur, et ne croyez pas que j'ai des moyens de recherches exceptionnelles. On m'a juste contacté et expliqué qu'il valait mieux pour vous et vos filles, jouer franc jeu avec l'Amérique. Que vous aviez tout à y gagner.

Le professeur se resservit un verre de vodka avec un léger sourire.

– Qu'est-ce que vous voulez ? dit-il, sans se démonter.

– Moi, vous le savez déjà, c'est le concours de votre fille pour remplacer sa sœur dans le projet du professeur Fisher.

– C'est fait, dit-il, puisque nous sommes là, ce matin. Mais, eux, que veulent-ils ?

– Le gouvernement américain a eu vent de votre participation active dans la communication des jumeaux. Il paraît que vous êtes en possession d'une méthode révolutionnaire de transmission.

– Eh bien ! tout se sait ! Ce que les gens parlent en Amérique ! C'est extraordinaire ! En Russie, c'est tout le contraire ; personne ne parle. Pas même les jumeaux.

Eric et Rachel étaient silencieux. Ce qui se jouait devant-eux les dépassait totalement. Rachel se dit que son père avait finalement raison, qu'il n'avait rien exagéré. La question, qu'elle se posait, maintenant, c'est : comment va-t-il réagir ?

– Ils proposent quoi ?

– Un poste. Un salaire fabuleux et des avantages innombrables pour vos deux...

– Mes deux ? dit le professeur Grinberg en frissonnant, malgré son assurance.

– Vos deux jumelles. Que vous avez réussis à cacher au gouvernement russe. Rachel et Léa Grinberg.

– Les américains sont donc plus malins ? demanda-t-il, avec un grand sourire.
Il se leva. Rachel et Éric se levèrent avec lui.

– Je vais m'asseoir sur votre beau divan, Cooper. Je n'ai pas les forces de recevoir toutes ces révélations et rester poliment à table. Vous avez un cigare, au moins ?

– Professeur ! dit Éric. Je vous assure que je n'étais au courant de rien !

– Au courant que c'était un piège ? Non, je sais bien, vous êtes comme mes filles, un pur, comme je l'étais aussi, avant d'être régulièrement espionné, menacé, extorqué. Alors, on commence à penser au prochain coup, à la prochaine traîtrise, à l'anticiper et à se protéger. Figurez-vous, Cooper, que j'attends ce moment depuis des années. Je me demandais quand arriverait-il finalement. Et le voilà ! Ma fille dans le coma et le coup est porté. Elle me protégeait peut-être ma chère fille !

– Prenez le plutôt comme un coup de chance, proposa Cooper en présentant une boite de cigare.
Le professeur Grinberg se servit, fit rouler le cigare dans sa main, puis le porta à la bouche. Cooper gratta une allumette et alluma le cigare.

– Je pensais être à la retraite à mon âge !

– Justement, on m'a également glissé un mot sur votre âge !

– Eh, bien, Cooper, vous allez étaler tous mes secrets devant tout le monde, c'est tellement indiscret de dire son âge à un vieil homme.

– Il paraît que vous approchez les quatre-vingt-dix ans ? Est-ce que c'est vrai ?

– Ce sont des fables, cher Cooper. Vous croyez aux légendes que l'on fait sur les gens de talent ?

– Quatre-vingt-dix ans ! reprirent ensemble, Éric et Rachel !

– Votre père a longtemps travaillé sur le sujet des cellules souches et la possible jeunesse éternelle, expliqua Cooper.

– Un seul est éternel, et il ne fume pas le cigare ! Souligna le professeur Grinberg avec sagesse.

– C'est seulement à la naissance de ses jumelles qu'il s'est intéressé à la télépathie des jumeaux. Je ne fais pas d'erreur, professeur ?

– Vous êtes admirablement renseigné, Cooper. Seulement, je vous l'ai dit, en Russiem il y a surtout des non-dits alors qu'ici, vous pratiquez le « je te dis tout pour voir ta réaction ». Et ma réaction, c'est ; pourquoi mêler ma fille et ce jeune homme à vos aveux patriotiques ? Et, vous, Cooper, que vous-ont-ils promis ?

– Ils vont parrainer mon projet et nos projets communs.

– Vous jouez dans la cour des grands ?

– Il faut bien voir grand, en Amérique !

– J'imagine que vous visez déjà la présidence, d'ici sept ans ?

— Cooper ! Je ne comprends rien ! Qu'est-ce qu'il se passe exactement ?

— Rien pour toi, Éric. Tu continues tes recherches avec mademoiselle Grinberg, ici présente, et moi je t'organise le comité d'accueil autour.

— Mais le professeur Grinberg va travailler avec nous ?

— Il a mieux à faire ! Il a sa propre série télé, avec les jumeaux américains et les cellules souches du Nevada !

— Il y a quand même un petit problème qui me tracasse, expliqua le professeur Grinberg en se délectant.

— Qu'est-ce que c'est ? À mon avis, vous pouvez exiger ce que vous voulez, ils plafonnent dans leur programme et vous espèrent comme on attend le messie.

— Ne mêlez pas le messie aux turpitudes et à l'avidité des gouvernements !

— vous croyez au messie, professeur ?

— Tous les juifs croient au messie, Cooper. J'ai moi-même recherché le moyen de contrer la vieillesse et la mort pour me prouver que les prophéties étaient vraies !

— Si elles sont vraies, intervint Éric. Pourquoi recourir à la science ?

— Parce que par le biais de la science, je propose la rencontre entre le monde et ce qui le transcende. Les prophètes voyaient les choses d'en haut. La science suit sa propre voie pour arriver à la prophétie.

— Ce n'est donc plus, la même prophétie annoncée par les prophètes ! Rétorqua Éric.

— C'est vous qui le dites ! Essayez de respirer sans oxygène, si vous en êtes capable !
Cooper qui n'était ni philosophe ni scientifique, intervint pour revenir au sujet qui le préoccupait.

— Qu'est-ce qui vous manque pour accéder au projet, professeur ?

— Une maison, tout simplement, Cooper. Vous, vous êtes si bien, ici, alors que moi, j'ai une bicoque croulante dans la campagne !

— Ce n'est pas ce qui va les arrêter, professeur !

— Comprenez-moi, je veux être proche de ma fille et de tous les laboratoires de Silicone-Valley. En fait, je me sens si bien chez vous que s'ils me donnent ce lieu de   villégiature, je m'engage à m'engager.

— Vous voulez !

— Le papier cadeau, termina le professeur en rejetant une bouffée de fumée.

Rachel comprit que son père prenait sa revanche à sa manière. Il avait pesé le pour et le contre rapidement, comme à son habitude, et tout en acceptant de se remettre au travail, il ne permettait pas à « ce jeune blanc-bec » de Cooper de s'en sortir comme ça, avec tous les honneurs.

— Lorsque vous aurez déménagé toutes vos affaires, je reviendrais ici rencontrer les officiels et

prendre possession des lieux. Bien sûr, vous m'enlevez vos tableaux, j'ai horreur de la peinture abstraite !
Cooper resta bouche-bée. Il s'était attendu à tout, sauf à ça. Il avait cru mener son affaire à son avantage, et voilà qu'il se retrouvait à la rue !
Éric se retenait de rire. Il avait aimé la revanche du professeur. Elle lui permettait de respirer son oxygène, comme l'avait souligné le savant russe. S'il devait travailler avec sa fille, il préférait ne pas se voir comme un colonisateur.

On discuta ensuite de l'intégration de Rachel. Comme il l'avait pensé, avec la teinture de ses cheveux, elle ressemblait à sa jumelle trait pour trait. Sur ce point, au moins, il espérait qu'il n'y aurait aucune surprise.

– Donc, vous prenez dès aujourd'hui, le nom et l'identité de votre sœur. Vous n'êtes plus Léa mais Rachel. C'est bon ? demanda Cooper.

– Oui, dit Rachel d'une voix presque inaudible.

– Si vous avez une autre photo de votre sœur ou de vous, on va mettre en règle les premiers papiers officiels de Léa. Enfin, de Rachel qui devient Léa. C'est compris ?

– Oui, dit Rachel, les larmes aux yeux.

– Et pour l'hôpital, un officier du gouvernement sera mandaté pour remplir le nouveau dossier.

Rachel ne put cette fois se retenir plus longtemps

et courue se jeter dans les bras de son père pour pleurer.

– Ça va mon petit, dit le professeur, un peu gêné devant les autres hommes.

– J'aurais tant voulu vivre cet instant avec elle. Nous aurions enfin existé toutes les deux ensembles.

– Je suis désolé, ma fille. J'ai toujours voulu vous préserver.

– Je ne te fais pas de reproche. Pas aujourd'hui. J'ai pensé que tu exagérais, mais je me rends compte que tout est vrai.

– Nous arrivons au bout du voyage, mon cœur.

– Mais elle est en danger, elle est...

Elle s'interrompit. Elle venait de ressentir sa sœur. C'était comme une main sur son cœur. Elle était là, dans la pièce avec eux ! Elle se leva, remplie de l'énergie de la dernière chance.

– Il faut que nous l'aidions ! Cooper, terminez la phase technique, nous devons faire le point entre scientifiques ! Venez professeur Fisher, avec mon père nous allons résumer ce qui s'est passé, ce qui l'a projeté dans le monde des consciences !

– Le monde des consciences ! s'étonna Éric. Qu'est-ce que vous voulez dire par là ?

– Souvenez-vous ! Vous aviez un problème de communication avec les consciences ! Elles vous sont apparues mais Rachel a trouvé que l'infographie était insuffisante pour révéler le message qu'elles voulaient vous transmettre !

— C'est un peu réducteur comme résumé, mais c'est exact !

— Ce que vous ne pouviez pas savoir, c'est que mon père avait structuré une méthode de transmission télépathique qu'il avait expérimenté avec ma sœur. Et qui donnait des résultats scientifiquement enregistrables !

Il voulut objecter, sans savoir ce qu'il voulait vraiment dire, mais elle le fit taire d'un geste de la main. Ils n'avaient pas le temps de flatter les amours propres. Il le comprit et ne se vexa pas. Pas cette fois.

— Les états unies comme la Russie soviétique y croit dur comme fer, et c'est vrai ! Ça marche ! Comme deux jumelles qui communiquent des impressions intimes à des kilomètres de distance. Mon père et ma sœur ont communiqués sans parole !

— Vous attestez, professeur ?

— Oui, dit le professeur Grinberg. C'était incroyable à vivre et ça marchait.

— Le problème auquel mon père n'avait pas pensé, c'est que c'est une projection plus puissante que la mesure de communication relative au monde de la matière qui s'est mise en place avec la rencontre des consciences.

— Elle parlait en leur nom, expliqua Éric. Comme l'aurait fait un médium qui révèle un message de l'au-delà ! Et, pour moi, ça sortait des limites de la crédibilité   scientifique, alors, je n'ai pas accepté.

– C'est compréhensible, souligna le professeur Grinberg. J'ai moi-même été très critique envers mes prédécesseurs. Pourtant, une intuition scientifique m'a guidée pour établir un plan de révélations successives. Si vous êtes intéressé, je vous démontrerai tous les paramètres qui peuvent être établit avec certitude.

– Si nous utilisons de nouveau les méthodes de communication de Rachel, il faut pouvoir les prouver scientifiquement !

– Bien sûr ! dit Rachel. Cooper ! Est-ce que l'on peut faire fusionner les deux projets ou tout-au moins organiser une connexion ?

– Je pense que c'est possible. Mais il faudra que votre père fasse cette demande dès le début de la mise en place des projets.

– Il pourrait y avoir un problème ? demanda Éric.

– Le problème est d'ordre politique ! Expliqua Cooper. Les États-Unis n'ont pas le droit d'imposer quoi que ce soit à la commission internationale.

– Pour l'instant, professeur Fisher, dit Rachel avec impatience, ma sœur est passée de l'autre côté parce qu'elle a communiqué avec les consciences ! Il nous faut trouver un moyen de revenir en arrière.

– Comment ça revenir en arrière ? Intervint Cooper.

– Il faudrait trouver le moyen d'interférer

dans la communication, précisa le professeur Grinberg.

— Vous vous adressez à moi ? s'étonna Éric. À mon stade, je n'envisageais pas encore de pouvoir véritablement communiquer avec les consciences ! C'est vous les experts en communication !

— De quoi parlez-vous ? Il faut d'abord rétablir la communication avant de penser à la limiter ! Tous s'étaient retournés vers Cooper avec un sourire. De toute évidence il avait sur lui une certaine pression qu'ils ne pouvaient pas jauger.

— Bien sûr, dit Rachel, pas de soucis, Cooper.

— Pas de soucis, si les consciences reviennent, dit-il.

— Et si elles refusent de venir, tout de même ? demanda Éric.

— Dans ce cas-là, dit monsieur Grinberg avec le sourire, on demandera à Cooper de faire pression sur les consciences. Il a tellement d'influence, ce garçon !

L'ÉTERNITÉ D'UN RÊVE

Rachel rentra dans la chambre de l'hôpital comme on rentre dans ces lieux où sont cachés des rêves. Ces lieux secrets où seules marchent les heures à regret, vers un jour plus triste encore. Hier, éventré sur un lilas blanc, goutte à goutte, la mort à petit feu qui s'accumule...

Rachel voulu hurler, casser, renverser tout cet appareillage inhumain, de câbles de plastique, d'acier !

– Où es-tu Léa ? Où es-tu, ma sœur ?

– Mais je suis là, disait Léa que Rachel n'entendait pas.

– Pourquoi es-tu partie, ma sœur, ma vie, mon souffle ?

– Je ne suis pas partie, disait Léa que Rachel n'entendait pas.

– Ce n'était pas notre plan, ce n'est pas ce qui était prévu ! Tu ne devais pas partir !

– L'une de nous deux est toujours partie, tu le sais bien, répondit Léa mais Rachel n'entendait toujours pas.

— C'était ton heure de vie, ton heure de joie. C'était pour toi. C'est pour toi que j'ai préparé cet appartement. Je l'ai meublé comme j'aurais aimé que tu aimes qu'il soit meublé. La peinture, tu vois, ces couleurs ridicules sur les murs, pastel, bonbon. C'était pour toi, ma sœur. C'était pour toi...

— Je m'en doutais un peu tu sais. Toi tu as toujours eu plus d'attrait pour la pensée que pour la forme. Et c'est étrange, tu sais. Peut-être que notre réalité est une réalité renversée qui aujourd'hui s'est remise d'aplomb, pour la première fois. Je suis Léa, la pensée, et tu es Rachel, l'action. Toutes ces paroles, Léa les avait dites à Rachel qui n'entendait pas.

Rachel s'avançait péniblement vers le corps de sa sœur endormie.

— Je t'ai apporté des fleurs, dit-elle. Tu les vois, elles sont dans mon cœur, elles sont pour toi. J'aurais voulu te sourire, mais je n'ai plus de rêves dans ma tête. Dans ma tête, je n'ai plus rien qu'un grand vide insensé qui ne va plus nulle part mais qui te garde ta place chaude. Mais je te le dis, ma sœur. Si tu ne reviens pas. C'est moi qui en mourrai la première. Je te laisse encore un peu de temps pour te reprendre et je vais jouer la comédie, en attendant que tu reviennes.

Elle eut peur de regarder encore, cette statue sans vie qui était sa sœur. Peur de croire à ce mensonge plus vrai que nature. Alors, pour espérer encore, pour se rassurer sans doute. Elle sortit un livre de psaumes du roi David, imprimé en hébreu et se mis à lire avec ferveur.

Léa était une pensée, l'effluve d'une idée. Elle flottait autour de son corps, autour de sa sœur et elle accomplissait aussi le voyage que font les âmes. Et quoi qu'en disent les scientifiques, la conscience n'était pas son souci. Elle n'était pas cristallisée dans sa conscience, car elle n'était nulle-part en particulier, et personne en particulier. Elle n'avait plus d'amour propre, plus de soucis et rien ne l'égratignait. Elle était comme le nuage et la pluie emportés par le vent.

Lorsque Rachel sortie de l'hôpital, son père l'attendait sur un escalier. Il écrivait sur un calepin, qu'il rangea lorsqu'il la vit.

– Pourquoi n'est tu pas rentré ? demanda-t-elle, en colère.

– Je ne veux pas voir ma femme dans cet état-là.

– Tu as dit ma femme ! s'étonna-t-elle. Je te parle de ta fille, Léa, qui est dans cet hôpital entre la vie et la mort !

– Je ne veux pas la voir dans une combinaison de cosmonaute.

– Mais tous les pères seraient rentrés voir leur fille ! Tous les pères normaux !

– Je ne suis pas le père de la nation, ni le modèle du père idéal.

– Et elle n'est pas ta femme ! Tu entends ?

— Je ne la considère pas comme ma femme !
Ma langue a fourchée, voilà tout.

— C'est un lapsus révélateur. Sous prétexte qu'elle te rappelle ta femme, tu ne la traite pas comme ta fille ! Tu aurais pu dire des Téhilim pour elle, quand même !

— Ici, en Amérique, on appelle ça, des psaumes ! Mais j'ai prié à ma manière, J'ai prié avec mon cœur, avec mes mots.

— Et qu'est-ce que tu écrivais sur ton papier ?

— Tu es du KGB peut-être ?

— Tu l'a rangé dès mon arrivée !

— Parce que je suis poli. Je t'accorde mon temps quand je suis avec toi. Pas comme ces gens qui ne se parlent plus que par message informatique !

— Toi, poli ?

— Bon ; dis que je suis un monstre !

— Tu es un monstre ! Un père irresponsable ! Je te déteste pour tout ce que tu as entraîné dans notre vie !

— Voilà ! Ça fait du bien ? Tu te sens mieux ? Je t'ai évité une séance de psy ?

Elle éclata en sanglot. Il la prit dans ses bras.

— Tout va aller bien, tu verras. Les choses vont s'arranger ! D'ailleurs, c'est en bonne voie, tu l'as vu. Écoute, je vais te révéler un secret !

— Un secret ?

— Viens, trouvons un restaurant autre que ces burgers sandwicheries infâmes.

Rachel et son père marchèrent la main dans la main dans les rues de la ville. San Francisco est une plate-forme où tournent les extrêmes de la société. Ils virent passer deux hommes torses nus qui exhibaient des guirlandes de tatouages bleus et verts, eux aussi, main dans la main. Deux femmes qui, sans complexe, s'embrassaient comme les couples s'embrassent au cinéma, distribuaient des tracts pour une gay-parade.

– Je crois que c'est cette brume incessante qui leur donne l'impression qu'on ne les voie pas, dit-il.

– Papa ! Cette ville revendique le droit à l'homosexualité !

– Mais depuis quand les hommes ont-ils arrêté d'aimer les femmes ?

– Depuis que les femmes ont revendiqué le droit à l'amour !

– C'est quoi, ça, le droit à l'amour ? Les femmes ont toujours reçu beaucoup d'amour. Même ce dictateur dément qu'était Staline, devait aimer sa femme !

– Peut-être, mais aimer mal est souvent plus destructeur que ne pas aimer !

– C'est quoi aimer mal ? Je t'en prie ! Moi j'ai aimé ma femme comme un fou ! C'est mal ?

– Tu étais pourtant plus souvent dans ton laboratoire qu'à la maison.

– C'est ça, aimer mal ? Les femmes sont encore plus personnelles que les hommes.

Elles sont toujours en train de faire quelque chose. Et quand elles ne font pas, elles annoncent qu'elles vont faire ! Alors, les hommes, on se repose au travail, tu comprends ? Ce n'est pas aimer mal.

– Tu as des idées préconçues, d'un autre siècle ! D'ailleurs, c'est quoi cette histoire de quatre-vingt-dix ans ?

– Quoi ! Tu ne m'as pas reconnu ? Je m'appelle Toutankhamon, j'étais pharaon en Égypte ! J'ai été dé-momifié avant de me marier avec ta mère.

– Bon ! si tu tournes tout en dérision et ne répond à aucune question, je n'ai rien à faire avec un père égoïste qui se confie plus à des étrangers qu'à ses propre filles !

– Oh là là ! Tu as le même mauvais caractère que ton père !

– Un dixième seulement.

– Trouvons ce restaurant, on commande un bon vin blanc, si ça existe dans ce nouveau monde, et ma langue se délie ! Et puis, je n'ai rien confié à personne. Ce sont les espions qui espionnent, voilà tout ! Je n'ai rien mangé au petit déjeuner chez Cooper. Il m'a coupé l'appétit avec ses histoires d'espionnage.

– La Californie est réputée pour ses vins !

– Eh bien, je ne demande qu'à voir ça.

– Au pire des cas, tu goutteras un bon bourbon !

– Peut-être, on verra bien ou du Gin. J'aime

assez le Gin.

– Tu n'es pas alcoolique au moins ?

– Pas encore. Et toi ? Il paraît que tu ne bois que l'après-midi ?

Lorsqu'ils furent installés dans un restaurant français et qu'il eut entamé son premier verre de vin en attendant une dorade à la provençale, il commença à s'exprimer. Rachel ne savait trop comment vivre ces instants. Elle les avait tellement espérés, et maintenant qu'elle y était, que ce rêve de passer des moments d'intimité avec son père se concrétisait, elle était perplexe. Sachant que sa sœur souffrait peut-être, elle était avare de bonheur à partager.

Il sentit tout ça et lui servit un peu de vin blanc.

– Soit, tu te détends, tu bois, tu manges, soit tu restes sur ta faim, dit-il.

– Désolée ; je n'ai pas faim.

– Ce matin non plus, tu n'avais pas faim, et ce soir peut-être. En conclusion ; tu veux mourir. Mais ça ne te ramènera pas ta sœur !

– Je n'ai pas le cœur à la fête, c'est compréhensible !

– Je suis ton père, je dois te nourrir !

– Dis-moi ton secret pour me mettre en appétit.

– Le secret c'est que je suis toujours en contact avec ta sœur.

– Quoi ! dit-elle, éberluée.

À ce moment, on lui servit la dorade, mais il fit

signe au serveur au tablier bleu de poser l'assiette devant sa fille.

– La même chose pour moi, s'il vous plaît ! Quant à toi, si tu veux des informations, tu avales ce poisson !

Elle afficha une moue enfantine et inspecta son assiette. La dorade royale était servie avec un assortiment qui embaumait la Provence. Poivrons, tomates, thym, anis et citron. L'odeur était exquise, la présentation équilibrée et copieuse, accompagné de pommes de terre au four et de cœurs d'artichauts revenus à l'huile d'olive avec des cèpes. Elle prit une grosse bouchée de poisson en manquant de se brûler.

– Parle ! Par pitié !

– Très bien ! mais avale aussi du vin en alternance.

Elle s'exécuta et son teint vira au rouge comme son verre. Il s'en amusa.

– Ce que tu m'as vu écrire tout-à-l'heure, c'est justement ma tentative de comprendre les messages que je reçois.

– Mais elle est dans le coma ! Comment pourrait-elle communiquer avec toi ?

– Le coma, c'est la vitrine ici-bas. Pourtant, là où elle se trouve, elle est maîtresse de tous ses mouvements psychiques !

– Elle fait quoi ? Elle évolue ? Elle voyage ? Et pourquoi ce n'est pas moi qui perçois ses messages si je suis sa sœur jumelle ?

– Je ne sais pas, mais à ma grande surprise, la transmission perdure !

– Alors, dis-moi !

– Le plus étrange c'est qu'elle ne me parle ni en russe, ni en anglais.

– Dans quelle langue alors ?

– En hébreu.

– En hébreu !

– Oui ! C'est extraordinaire ! Vous n'avez pourtant étudié l'hébreu que dans le jardin d'enfant ! Jardin qui n'était qu'une cave clandestine !

– Dans laquelle nous avons pourtant appris à lire et à écrire en hébreu !

– Oui, alors que les autres enfants de trois ans ne font que jouer ! C'est ce qui m'a convaincu de prendre ce risque, malgré les espions qui tournaient autour de nous.

– Elle te dit quoi ?

Il sortit son carnet.

– Elle me parle de dix structures, séparées en trois et sept, et des quatre éléments dans une dimension spirituelle.

– Les secrets de l'ésotérisme juif ?

– Exactement. Mais de ce que je perçois et comprend, elle ne fait pas qu'étudier ces principes ! Elle fusionne avec eux ! Comme si... comme si le monde n'était pas fait d'atomes en fusion, mais de lettres et de lumières spirituelles !

– Mais ! Ce ne sont que des études théoriques ! Personne n'a jamais dit que cette science pouvait remplacer l'autre et devenir une réalité observable !

– Tu sais bien que je pense comme toi, autrement, je serai plongé dans les livres des kabbalistes plutôt que ceux que j'ai étudié pour devenir biologiste et physicien !

– Mais elle te parle ?

– Comment te dire, elle me dit que cette sagesse existe aussi, qu'elle n'est pas matérielle et que notre monde matériel lui-même, n'est qu'une perception qui n'existe que dans nos sens ! Que les autres mondes ont leurs propres principes !

– Les dimensions dont parle la physique quantique ?

– Si tu veux, oui !

– Elle dit que tout contient tout et que tout est contenu dans tout ! Que la fin est enracinée dans le commencement et le commencement dans la fin !

– C'est un principe connu, ça ! Peut-être qu'elle a étudié en cachette les livres ésotériques et que maintenant que son inconscient s'exprime, elle dégorge ce qui lui reste en mémoire et se fait un monde fantasque, bien à elle.

– Mais enfin ! Ta sœur était incapable d'étudier quoi que ce soit ! Rappelle-toi, lorsqu'elle prenait ta place à l'école, les notes quelle nous ramenait !

– Oui. Mes professeurs pensaient que j'étais peut-être bipolaire. Ou alors, ce sont les consciences qui lui transmettent cette sagesse ? Qu'est-ce que tu vas faire ?

– Continuer à retranscrire ces messages pour ne pas perdre le contact, même si je suis complètement novice dans le sujet.

– Oui, tu as raison ! Il ne faut pas la lâcher ! Je vais t'acheter un ordinateur pour que tu puisses tout écrire. Ton carnet ne suffira pas ! C'est fou !

– Oui ! admit-il.

– En tout cas, elle est vivante !

– D'une autre vie, dit-il, gravement. Comment générer chez elle, un désir de quitter la lumière infinie dans laquelle elle évolue pour la ramener dans le monde de la matière ? Elle se trouve dans un monde de bien absolu, alors qu'ici, c'est la foire à l'empoigne, selon une expression française que mon père utilisait.

On lui servit sa dorade et ils mangèrent un instant en silence.

– Et les quatre-vingt-dix ans ?

– Je te parle d'éternité et tu me parle de quatre-vingt-dix ans ?

– Oui, dit-elle, avec un air têtu.

– Il est bon, ce poisson, n'est-ce pas ? fit-il remarqué, pour gagner du temps. J'aime la tomate et le citron cuits ensemble.

Elle fit oui de la tête, mais elle serrait les mâchoires et les poings.

– Oui, dit-il. Une tête de mule, comme son père.

Il avala une nouvelle bouchée et essaya de se détendre, du mieux qu'il pouvait, en se penchant en arrière et en sirotant son vin blanc.

– Voilà. Comment dire ça. Bon, je te ferais le côté technique une autre fois, mais d'après mes recherches, il était possible d'utiliser les cellules souches d'un placenta et d'un cordon ombilicale afin de transmettre la jeunesse éternelle.
Elle le regarda, éberluée. Qui était-il vraiment ?

– Et je l'ai testé sur moi.

– Tu as testé ! Mais c'est très dangereux ! On ne teste jamais directement sur un homme ! Il n'y avait pas de souries en Russie ? Mais tu avais quel âge ?

– Soixante ans, dit-il en se raclant la gorge. Et j'avais une grave maladie. Je n'aurais pas dû passer l'année, alors j'ai tenté le tout pour le tout ! Tu vois, je suis encore là, et en très bonne santé ! La première fois a été décisive, et je n'allais pas attendre de voir si une larve aquatique ou une sourie pouvait vivre quelques années de plus, je n'en avais pas le temps.

– La première fois ! s'étonna-t-elle. Pourquoi dis-tu, la première fois ? Il y a eu, d'autres fois ?

– Oui. Puisque ça avait marché. Je n'allais pas m'arrêter là ! Alors, la deuxième fois j'ai mis la dose double pour complètement régénérer toute la structuration des concluants de mon ADN...
Elle se demandait si elle perdait la raison avec toutes ces révélations. S'il n'avait pas été aussi gêné, elle aurait été sûre qu'il mentait. Mais en le voyant si petit sur sa chaise, tout-à-coup.

– Tu ne vas pas me dire que tu es proche des cent vingt ans, quand même !

– Ce n'est pas moi qui l'ai dit, avoua-t-il. Disons que je ne fais pas l'âge que j'ai.

Elle fit des yeux comme des billes, recula sa chaise pour s'éloigner un peu de lui, posa sa main sur son front, pour voir si elle n'avait pas une montée de fièvre, elle avait des sueurs froides.

– C'est dans ma soixantième année que j'ai rencontré ta mère... Elle pensait que j'en avais trente.

– Mais ta barbe blanche, alors ?

– Teinture ! Comme tes cheveux noirs. Là, tu vois, j'ai décapé, comme toi ! dit-il, avec le sourire, en se touchant la barbe. S'ils avaient compris que je ne vieillissais pas, jamais je n'aurais pu quitter la Russie, malgré les terres et l'argent que j'ai dû donner en échange de notre liberté.

Elle sentit la panique la gagner. Elle se leva en s'appuyant sur la table. Avait-elle toujours vécu avec un imposteur ?

– Un instant, j'ai besoin de me rafraîchir le visage.

Elle marcha comme un automate jusqu'aux toilettes. Est-ce qu'elle perdait la raison ? Est-ce qu'elle était rentrée par mégarde dans une autre dimension ? Elle ouvrit le robinet et s'aspergea le visage. L'eau fraîche lui fit du bien. Pourtant, lorsqu'elle regarda son reflet dans le miroir, elle faillit s'évanouir. Toute la pièce se reflétait mais pas elle. Elle revint à tâtons vers le restaurant, en cherchant son image dans un autre miroir. Elle vit les serveurs, les tables aux nappes blanches et si cette fois, son image apparaissait par intermittence, elle était extrêmement floue puis s'effaçait pour réapparaître en clignotant. Elle eut envie de hurler mais un reste de bienséance la retint et elle vint s'asseoir, anéantie, face à son père qui la regardait inquiet.

– Ça ne va pas, Rachel ? s'inquiéta-t-il en la voyant si effondrée.

– Pas du tout ! Ça ne va pas du tout ! J'ai des hallucinations ! avoua-t-elle.

– Quel genre d'hallucination ?

– Je ne me vois plus dans le miroir ! j'ai disparu, je disparais ! dit-elle en panique.

– Calme toi, je m'en étais aperçu.

– Quoi ! Je ne suis pas la seule à voir ça ?

– Malheureusement. Regarde ; il y a un miroir à ta gauche et tu n'y es pas !

Elle regarda là où elle devait-être et de nouveau, nul reflet ne la représentait. C'était une certitude, désormais. Elle eut envie de crier, hurler à la folie, et sans s'en apercevoir elle se rongeait les ongles en contemplant le miroir désespérément vide.

– Je deviens folle ! dit-elle, au bord de la crise de nerf.

– Du calme ; garde ton sang froid ! dit-il sévèrement pour limiter sa panique. Je crois comprendre ce qui se passe ! D'abord, tu n'es pas folle, puisque je peux aussi constater le phénomène.

– Mais alors ? Qu'est-ce qui peut effacer mon

image dans les miroirs ? C'est surnaturel !
Il resta un instant plongé dans sa réflexion, tandis qu'elle se rongeait encore les ongles.

– Tout d'abord, pas de surnaturel ; nous sommes des physiciens, oui ou non ? J'ai compris ! s'écriat-il, en faisant sursauter les autres clients du restaurant. Tu es reliée à ta sœur jumelle !

– Oui ? Et alors ? dit-elle sans comprendre.

– Ce sont les phénomènes évoqués par la mécanique quantique qui sont même les points de controverses entre Bohr et Einstein ! Aussi loin qu'elles soient éloignées, les particules sont reliées entre elles ! L'intrication existe, souviens toi ! L'action fantôme existe ! Puisque la conscience de la réalité disparaît chez ta sœur qui est, elle-même, comme ton reflet ! Comment configurer la chose ? En disparaissant de la conscience   de la réalité, elle fait disparaître ton reflet !

– Est-ce que je vais bientôt disparaître aussi ?

– Non ! Non, bien-sûr que non ! Nous devons aller à la rencontre des consciences ! Ils sont notre laisser-passé vers l'autre monde ! dit-il en la prenant par le bras pour la relever. Il revint jeter quelques billets sur la table et ils sortirent à la hâte.

DISCUSSION INTIME SUR LA FALAISE

Lorsqu'ils parvinrent avec la Fiat au haut de la falaise, ils trouvèrent Cooper et Éric en train de se disputer. Des ouvriers installaient des gradins face aux anneaux qui pour l'instant étaient vides.

– Il paraît qu'il va y avoir un match par ici ? Plaisanta le professeur Grinberg.

– Ah ! Tu vois ! Je ne suis pas seul à le dire ! conclut Éric en toisant Cooper du regard. Ça tourne au spectacle !

– On ne va pas garder une assistance officiel debout pendant tout le temps…

– Du match ? Reprit le professeur.

– Écoutez, professeur, dit Cooper de mauvaise humeur.

– Vous pouvez m'appeler Victor, depuis que vous m'avez procuré un nouveau travail passionnant.

– Justement, Victor, sans vouloir être impoli, vous n'avez rien à faire ici !

– Vous ne voulez peut-être pas, mais vous êtes extrêmement impoli ! Si vous devez me parler sur ce ton, d'ailleurs, je préfère que vous m'appeliez professeur !

– Victor...

– Joseph. Victor Joseph, c'est mon prénom.

– Joseph, Rachel, Léa ! C'est la bible, chez vous ! Se moqua à son tour, Cooper, pour donner le change. Il ne supportait plus que l'on se moque encore de lui.

– Pour des juifs, c'est un peu normal, des noms bibliques !

– Qu'est-ce vous faîtes ici ? C'est un laboratoire privé !

– Avec des gradins publics ?

– Mademoiselle Grinberg, s'entêta Cooper. Votre père ne fais pas partit du projet !

– J'ai absolument besoin de lui ! expliqua fébrilement Rachel.

– Pourquoi faire ? S'il vous plaît ?

– Pour communiquer avec les consciences !

– Vous pensez pouvoir communiquer avec ces êtres de lumière ? demanda Cooper, incrédule.

– Il me semblait que c'était clair, expliqua le professeur Grinberg, ils vont émettre des vagues d'ondes que je suis capable de percevoir et d'interpréter.

– Est-ce que vous pouvez m'écrire vos formules mathématiques ? demanda Éric.

– Bien sûr ! Donnez-moi du papier !

Ils s'éloignèrent pour écrire, et Cooper en profita

pour parler avec Rachel.

— Vous n'oubliez pas, s'il vous plaît que vous êtes désormais Rachel et non plus Léa !

— Ne vous inquiétez pas, Cooper. Chez les vrai-jumelles, les personnalités ont tendance à se mélanger. Je n'aurais aucune difficulté à rentrer dans la peau de Rachel.

— Tant mieux.

Il la regarda un instant, timide et gêné.

— Dites, Mademoiselle, j'ai l'air d'une brute insensible, mais je suis vraiment désolé pour votre sœur.

— C'est vrai que vous avez l'air d'une brute insensible, dit-elle en le regardant fixement dans les yeux.

— Mon rôle n'est pas facile. Et pour vous dire la vérité, je me sens analphabète au milieu de vous, alors, j'en rajoute un peu, vous comprenez ?

— Ne manquez pas de respect à mon père, s'il vous plaît. J'aurais beaucoup de mal à le supporter. Quant à vos ressentiments ; ils sont déplacés. Il vous suffit de vous intéresser un peu plus à nos études et vous vous familiariserez avec les sujets que nous évoquons devant vous.

Ils regardèrent ensemble, Éric et le professeur Grinberg qui s'animaient autour d'une feuille déposée sur un siège des gradins.

— Ils ont l'air de bien s'entendre, tous les deux, observa Cooper.

— Oui, c'est vrai, admit-elle.

Elle éprouva un sentiment de chaleur bienfaisante

dans cette constatation. Elle espérait que Cooper ne s'en était pas aperçut. Elle se sentait un peu, comme une fiancée présentant son futur à son père.

— Dites, Mademoiselle ?

— Quoi ?

Elle avait sursauté, malgré elle. Cooper la ramenait à la réalité et dans cette réalité, un compte à-rebours était enclenché. Combien de temps avaient-il pour contrecarrer le destin ?

— Votre père est vraiment un génie ?

— Bien au-delà de notre perception, dit-elle.

À ce moment, Éric revint vers eux alors que le professeur s'installait sur un siège, comme un écolier.

— Cet homme est incroyable ! annonça-t-il, comme pour confirmer à son tour. Toute sa théorie des transferts d'ondes est dans le cœur même de la mécanique quantique ! Dit-il avec admiration. Tout devient clair, même si je serais incapable de la mettre en pratique !

— Pourquoi ça ? S'inquiéta Cooper, en pensant qu'ils n'allaient pas se débarrasser du professeur de sitôt.

— Parce qu'il faut oser franchir la barrière entre l'hypothèse et l'expérience !

Il regarda honnêtement, Rachel et Cooper avant de rajouter : — Je ne suis que dans l'hypothèse. Lui est depuis longtemps dans l'expérience.

Puis, Éric expliqua à Rachel comment les choses allaient se passer. Elle écouta ses recommanda-

tions pour la seconde fois et feignit de découvrir ce qui était déjà acquis depuis plusieurs jours. « Seulement quelques jours ! » s'étonna-t-elle. Les événements avaient tellement été bousculés qu'elle avait l'impression que des années avaient défilé. Comme une sorte d'appareillage mécanique qui avait le pouvoir de remuer la mer et le sable et de remonter à la surface ces objets perdus qui gisaient au fond des eaux profondes, comme un passé lourd qui dort paisiblement. Le passé avait rejoint le présent. Son père et son âge indéfini en était la preuve.
Lorsque Éric lui raconta que c'était sa sœur qui avait révolutionné son approche des consciences, elle ne perçut, chez lui, aucune rancœur, mais au contraire, une immense admiration. Elle le regarda avec les larmes aux yeux. Elle aurait voulu en cet instant qu'il la reconnaisse : « C'est moi, Rachel ! Ce n'est pas possible que tu ne le vois pas ! »
Quand il vit les larmes dans ses yeux, Éric s'éveilla au contraire d'un rêve. Pendant un instant, il avait oublié que c'était Léa et non pas Rachel qui était devant lui. De voir sa peine, lorsqu'il lui parlait de sa sœur, le ramena à cette nouvelle réalité, et des larmes embuèrent également son regard.

Cooper les regardait et se demandait ce qu'il se passait dans la tête de ces deux jeunes blancs-becs. Éric n'allait tout de même pas tomber amoureux des deux sœurs !
Le professeur, pendant ce temps, prenait des notes sur un petit carnet, tandis que la clameur de

la journée jetait sa dernière salve de lumière. La falaise était embrasée et un liserai de blanc intense s'accrochait aux arbres, aux plantes et même au êtres complexes que l'on appelle les hommes qui étaient maintenant magnifiés par le soleil couchant.

– Vite ! annonça le professeur. Amenez votre vin blanc, elles arrivent, dit-il en se mettant sur pied.

Cooper ne se demanda pas comment il savait qu'elles arrivaient et ouvrit précipitamment une bouteille de champagne, pris d'une euphorie soudaine. Les consciences revenaient, tout allait rentrer dans l'ordre !

Le bouchon claqua et la mousse déborda du goulot. Un gardien avec un plateau de verres se présenta devant lui, laissa le liquide onctueux remplir les flûtes puis les distribua à chacun, en commençant par le professeur.

– Je voulais que l'on goutte ce champagne ! Annonça fièrement Cooper. C'est celui que je vais distribuer aux invités.

Même si chacun, le professeur, Éric et Rachel, but immédiatement une gorgée de champagne, aucun ne fit de commentaire, car tous étaient tendus vers le promontoire vert de la falaise. Un frisson les gagna et, tous sans se concerter, mis-à-part Cooper, déposèrent leur verre.

Alors, les formes apparurent au-dessus des anneaux, comme des étendards d'une armée céleste.

Une à une, comme un fantassin en lieu et place pour mener à bien le combat édicté par une autorité suprême.

Cette arrivée subite, d'êtres spirituels, s'accompagna d'une décharge énergétique d'une puissance indescriptible. C'était comme si, en flottant dans les vents libres de la falaise, les formes immenses déchargeaient des flots d'informations que l'intellect impuissant laissait passer, agonisant alors que les sentiments s'en imprégnaient goulûment et que les émotions jaillissaient si puissantes qu'ils accusèrent difficilement le coup et ployèrent sous la charge émotionnelle, tombant sur le sol et glissant au plus profond d'eux-mêmes dans l'inconnu.

Cooper s'aspergea le visage de champagne, et sa quête du pouvoir lui parut subitement si mesquine qu'il se serait volontiers brisé la bouteille sur la tête pour s'humilier davantage.

Éric comprit que toute son idée scientifique de capture de l'inconnu spatial était un leurre, que chacune de ces consciences étaient une âme parvenue à l'état abrupte d'une simplicité absolue, sans aucune structure d'analyse, sans aucune forme de calcul mais transportant malgré tout, l'infinie possibilité de l'expression multipliée.

Rachel ressentit la présence de Léa qui fusionnait avec son âme et la projetait, elle aussi, dans un espace infini depuis lequel elle contemplait l'univers tout entier.

Seul, le professeur resta debout contre vents et marrées. Toute sa vie, il avait recherché l'infini et le rencontrait enfin. Et là, parmi les formes gigantesques qui quittèrent les socles pour l'entourer, il discerna la présence de sa femme, la mère des jumelles. Ses larmes, que le vent dispersait, coulaient abondamment.

– Tu ne m'a jamais quitté, avoua-t-il.

– Je ne t'ai jamais quitté, confirma-t-elle.

Le vent, la pluie, le soleil, les nuits, les jours, les années, défilèrent devant ses yeux, devant son cœur.

– Le temps est passé si vite ! Lui dit-il.

– Le temps est comme une musique éternelle qui a pourtant commencée le jour où elle fût perçue dans la première des consciences.

– Pourquoi êtes-vous venu ? demanda-il.

– Parce que cet homme, Éric, nous a appelé. Et qu'il était sûr que nous viendrions.

– Peux-tu délivrer notre fille ?

– Si tu le veux vraiment, je le ferais.

Il hésita un instant, en comprenant qu'elle parlait de l'amour qu'il avait réservé pour l'autre jumelle, celle dans lequel il se reconnaissait ; Rachel. Alors que Léa était encore sa femme chérie qu'il avait perdue.

– Elle ne peut pas disparaître sans entraîner sa sœur avec elle ! Elles sont soudées, comme une unique conscience scindée en deux parties distinctes. Elles sont toi et moi. En la refusant, c'est moi que tu refuses, là où je me dévoile encore à toi !

– Je comprends, dit-il simplement en pleurant sobrement. Mais puisque tu es là, tu peux revenir à la vie !

– Je suis vivante !

– Habillée dans un corps que je puisse serrer dans mes bras !

– Tu sais bien que je suis dans une autre conscience de l'existence.

– Vous avez pourtant franchi la barrière de notre dimension !

– Pour l'heure, vous avez provoqué notre voyage d'une dimension à l'autre, d'une conscience à l'autre, mais les deux consciences n'ont pas encore fusionné.

– Pourquoi ça ?

– Parce que vous ne voulez pas voir cette autre réalité de peur de perdre la vôtre.

– Que dois-je faire ?

– Tu dois œuvrer en ce sens. Travailler pour réunir les deux états d'existence ! Ne pas seulement prolonger ta propre vie. Il te faut aussi, prouver que la mort n'existe pas !

– Aide moi !

– C'est bien ce que je fais en ce moment !

– Il me semble que la science ne suffit pas pour réunir ces deux consciences d'exister, pour les fusionner ! Quelle est l'axiome qui manque à notre perception ?

– Cet axiome n'existe que dans le domaine de la foi !

– La foi !

– Nous devons partir. Il ne faut pas encore briser le fragile équilibre de votre entendement.

– Reviendrez-vous demain ?

– Si vous en êtes sûr.

Aussitôt, toutes les formes se volatilisèrent. Un à un, tous les antagonistes de cette aventure se relevèrent.

– J'espère que tout a été filmé ! s'écria Cooper. C'était formidable ! Incroyable ! Quelle aventure ! Avez-vous pu communiquer, professeur ? demanda-t-il.

Le professeur le regarda, surpris.

– Vous n'avez rien entendu ?

– Non, dirent-il.

– Il m'avait pourtant semblé que leurs voix résonnaient sur la falaise !

– Dans ta tête, uniquement, précisa Rachel.

En cet instant, tous le regardaient, tous étaient sûr qu'il avait communiqué, sans savoir vraiment ce qui avait été dit. Il se sentit comme un malade ou un fou que l'on épiait pour voir s'il n'avait pas perdu tout contact avec la réalité. Est-ce que son esprit de scientifique était en train de voler en éclats ?

– Vous devez nous transmettre vos informations ! dit Éric. Nous devons définir quelle sera la prochaine étape !

– Je crois que je suis un peu bouleversé, dit le professeur.

– On le serait à moins que ça, dit Éric. Je ne pense pas que les consciences reviendront ce soir, conclu-t-il. Je vous invite à dîner.

– Je ne viens pas avec vous, dit Cooper. J'ai encore du travail de préparation !

– Prépare, Cooper, dit Éric. Prépare-toi bien.

– Nous devons tous nous préparer, précisa le professeur.

CHAPITRE 8

LA BOUTEILLE DE VODKA

La Fiat roulait derrière la Jeep. Ils longeaient le bord de mer. Rachel observait son père à la dérobée. L'air vif, les rochers comme des voyageurs nocturnes s'engouffraient dans les profondeurs. Il était silencieux, presque tranquille. Des vagues impétueuses frappaient les rochers, se divisaient, se reconstruisaient et reculaient pour mieux attaquer. Elle ne voulue pas le déranger. Quoi qu'elle ait été souvent en colère contre lui, cet homme forçait l'admiration et elle l'aimait profondément, même si c'était d'un amour confus. Les émotions provoquées par la grande masse bleue, sont d'entre les plus puissante qui soient. Dire qu'elle n'avait pas encore lu ses lettres. Qu'est-ce qui la retenait ? La pudeur ou ce désir secret de ne pas s'attribuer ce qui la distinguait de sa sœur jumelle ? Il était resté debout, entouré par les consciences, ces êtres mystérieux, alors qu'eux étaient tombés sur l'herbe, anéantis par cette révélation.

Qu'avait-il donc entendu ? Elles brûlait de savoir, mais ne demandait rien. Elle ne voulait pas le déranger parce qu'elle ressentait qu'il était encore à ses émotions. Qu'il vivait encore l'éclat si particulier de cet instant privilégié qu'il avait vécu.

Ils sortirent de la voiture dans le parking de la plage. Ce n'était pourtant pas la plage populaire mais une crique isolée entre deux rochers abrupts, une enclave VIP où les jeunes loups des plages ne couraient pas avec leur meute, derrière les jolis moutons de la gente féminine. Non, c'était ce coin plus tranquille, plus enclin à la réflexion. Mi- décontracté, mi- soigné.

– C'est ici que tout a commencé, expliqua Éric, alors qu'ils prenaient place à l'une des tables en bois sur de jolies chaises de jonc tressé. Le parquet de bois était sali par le sable. D'autres sièges faits de palettes imbriquées et vernies, avec des coussins jaune poussin, se faisaient face, une table basse les séparait. On y était plus couché qu'assit. La salle, adossée à la plage, était extrêmement spacieuse. Un comptoir de bois faisait barrière entre le coté client et le coin du bar et des cuisines. Une musique de jazz, en sourdine, finissait de poser l'ambiance détendue. Les serveurs avaient des sandales et des bermudas. Les tee-shirt étaient tous d'un jaune criard, comme celui des coussins.
On leur servit les cartes. Ils firent tous trois un effort immense pour concentrer leur esprit sur les lettres qui semblaient ne pas tenir en place. Revenir à la normalité après ce qu'ils avaient vécu, leur semblait presque impossible.

Le professeur souffla.

– Je n'en sais rien, dit-il, en rejetant la grande carte des menus. Je n'ai pas la tête à ce genre de petit problème. Avez-vous du fromage ? demanda-t-il au serveur. Et du hareng mariné ou quelque chose comme ça ?

– Voulez-vous un assortiment de poisson ?

– Très bien, dit le professeur, avec un plateau de fromage et une bouteille de vodka.

– Une petite bouteille ? S'enquit le serveur.

– De la vodka russe en grande bouteille, s'il vous plaît, mon garçon, et ne soyez pas rabat-joie, le monde est déjà suffisamment compliqué. En Russie, les petites bouteilles c'est pour les adolescents.

– Je prendrais un pavé de saumon, dit Rachel, avec une salade.

– Une bouteille de Vodka également ? plaisanta le serveur.

– Non ! moi, j'ai arrêté avant l'université, dit-elle en riant. De l'eau minérale.

– Du saumon aussi, très peu cuit, et un verre de vin blanc, répondit Éric, au signe de tête du serveur.

– C'est très distingué ! Du saumon et du vin blanc ! Remarqua le professeur. En Russie, les touristes pensent que l'on mange tous les jours du saumon fumé et des crêpes avec de la crème fraîche en buvant du champagne. C'est comme de croire que les new-yorkais habitent tous dans la statue de la liberté et les français sur les Champs-Élysées. En

Russie, nous mangeons surtout du hareng mariné et des cornichons que l'on arrose avec la vodka.

– Compte tenu que je ne vous demande pas votre fille en mariage, professeur, je mange encore ce qui me plaît, se défendit Éric.

– Je vais surveiller votre alimentation, à partir d'aujourd'hui, répliqua le professeur en remarquant la réaction de sa fille qui avait sursauté en entendant les propos d'Éric.

– Pourquoi avoir dit que tout a commencé ici ? voulut-elle savoir.

– C'est en regardant la mer que les idées se sont mises en place. C'est ici aussi que j'ai effectué mes premiers calculs.

– Charmant endroit, acquiesça le professeur. Les femmes y sont jolies et l'alcool coule à flot !

Rachel leva les sourcils et Éric ouvrit la bouche en grand sous l'effet de surprise.

– Ne croyez-vous pas, continua le professeur, que dans chaque homme sommeille un sauvage, un barbare, un guerrier ?

– Un tel homme ne mange que de la viande cuite au feu de bois ! Continua Éric avec un sourire.

– C'est vrai, mais il boit de la bière ou de l'eau de vie ! Qu'est-ce que tu en penses, ma fille ?

– J'en pense que tu nous tourne en bourrique au lieu de nous transmettre le message des consciences.

– Vous voyez Éric, c'est bien pratique les gens sincères, qui vous disent ce qu'ils pensent !

Comme ce cher Cooper qui s'occupe de son spectacle, là-haut. Ce n'est pas très élégant ou délicat, certes ! Mais c'est direct et franc.

– Alors, si vous aimez la franchise, nous voulons savoir le message des consciences ! rajouta Éric.

Le professeur souffla de nouveau, comme s'il évacuait de l'air d'une soupape.

– Je ne parlerais qu'en présence de la vodka ! Annonça-t-il, tandis que Rachel lui faisait les gros yeux.

Éric se leva pour aller demander la bouteille au bar, tandis que Rachel faisait des reproches à son père qui riait en silence.

– Tu te conduit encore comme un gamin !

Éric revint avec le serveur qui installa la table, du pain, la vodka, des cornichons et des cacahuètes. Le plateau de poisson mariné suivit.

– Si vous me prenez par les sentiments ! dit le professeur en se servant avec un plaisir évident. Il mangeait et buvait en regardant les vagues infatigables.

– J'en avais besoin ! Merci. À trop fréquenter les êtres dé-corporisés, on perd soi-même le sens de la réalité !

– Pourquoi les consciences vous-ont-elles entouré, vous en particulier ?

– Bois avec moi, fiston ! dit-il, pour toute réponse, en lui servant un verre de vodka. Les amis boivent ensemble. Les ivrognes boivent seuls. Tu ne pensais tout de même pas que la bouteille est

pour moi tout seul ! Pour te parler, j'ai besoin de te considérer comme mon ami.
Éric leva son verre pour montrer qu'il acquiesçait et bu une gorgée.

– Les consciences sont là parce que vous les avez appelés, tout simplement, expliqua le professeur. Je veux dire par là que leur message c'est : compte tenu que vous étiez sûr qu'elles viendraient, elles sont venues. Vous pensiez les piéger avec votre hélium, elles se sont prêtées au jeu.

– Elles jouent la comédie ? Conclut Éric, déconcerté.

– Ce n'est pas de la comédie, mais plutôt, une sorte de pacte d'attachement entre les consciences. Comme si en décrétant une obligation, elle abrogeait des décrets qui empêchaient ces êtres divins de franchir le seuil de la matière.

– J'ai du mal à vous suivre, professeur.

– Parce que vous entendez par conscience, uniquement l'individu. Mais, en réalité, la conscience individuelle est aussi sa perception de la dimension dans laquelle elle évolue. Sans cette conscience de l'existence, le monde n'existe pas.
Éric resta silencieux. Il réfléchissait.

– Vous voulez dire qu'elles évoluent dans le monde de l'infiniment petit ?

– Ou de l'infiniment grand ! rajouta le professeur. Quelle importance ?

– Comment ça, quelle importance ? C'est là tous nos degrés d'analyse scientifique !

– Il y a des dimensions imbriquées les unes

dans les autres ! Vous croyez vraiment que les électrons, les protons et les neutrons sont l'ultime rempart de la réalité appréhendée ?

– Je sais bien que nous allons de surprise en surprise. Pour les consciences, je me suis dirigé vers l'infiniment grand ! C'est dans l'espace que j'ai appréhendé les consciences !

– Dans l'espace ? répéta le professeur. Est-ce que nous sommes dans l'espace ? C'est sur une falaise que votre idée de génie a finalement fonctionné ! C'est parce que vous avez ramené le cosmos à votre perception humaine !

– Alors, dans ce cas-là, nous avons déjà accompli l'impossible !

– Exactement !

– C'était ça, le message ? demanda Rachel.

– Le message c'est la désignation de notre travail qui consiste à réunir deux dimensions jusqu'à les faire fusionner.

– Fusionner ? S'étonna Éric. Vous voulez que nous soyons comme les consciences ou qu'elles soient comme nous ?

– Exactement.

– C'est impossible !

– Je croyais que vous aviez réalisé l'impossible ! souligna le professeur entre une bouchée de poisson et une rasade de vodka.

– Professeur ! s'écria Éric. Ces consciences sont dé-corporisées !

– Mais puisque la science explique que tout est un vide rempli d'atome, et qu'en réalité, nous ne pourrions différencier entre la matière du ciel et celui du rocher, entre celle de mon corps et du filet d'eau qui coule au goulot d'une bouteille ! Si ce n'est que la conscience fait son travail de différenciation. Notez que je vous comprend très bien ! Affirma le professeur avec un grand sourire.

– Vous comprenez quoi ? demanda Éric.

– Vous êtes comme la plupart, d'entre nous ; vous ne voulez pas mourir !

Éric ne sut quoi répondre à cette dernière remarque et but simplement sa vodka. Le professeur le resservit.

– Peut-être que vous êtes trop réaliste ! Vous voyez la mort comme une fin.

Le saumon et le verre de vin blanc arrivèrent finalement. Le professeur prit la liberté de poser le verre devant sa fille.

– Toi aussi, tu t'es préservé de la mort, en rallongeant ta vie, lui fit remarquer Rachel, qui n'aimait pas voir son père user de son pouvoir de persuasion. Elle savait que chez son père, ce jeu des verres était aussi un jeu d'échec.

– Vous avez vraiment eu des résultats ? voulu savoir Éric.

– Je suis encore là ! répondit-il en ouvrant les bras. Entre nous, vivre longtemps nécessite une occupation constante. Sans but à atteindre, cette existence perd de sa sève et l'on finit par s'ennuyer à mourir. On en meurt, d'ailleurs, de cet ennui.

– Nous avons quand-même un problème, conclut Éric. Vous témoignez de ce que nous dis-

ent les consciences. Pourtant, rien ne certifie la véracité de vos paroles, selon l'esprit scientifique. Vous pouvez aussi bien me raconter n'importe quoi.
Le professeur, fit simplement un geste de conciliation et goutta les fromages qu'il trouva médiocre. Il écarta le plateau de la main.

– Il nous faut un moyen de perception audible, attesté par chacun.

– Pourquoi ne pas demander aux consciences de nous parler ? proposa Rachel.
Les deux hommes levèrent les sourcils, même si son père le fit plus par amusement que par réaction à un propos insensé de la part de sa fille.

– Si elles voulaient nous parler, elles l'auraient fait depuis le début, vous ne croyez pas ? affirma Éric.

– D'après leur message, c'est nous qui décidons de la marche à suivre dans le monde de la réalité, rétorqua Rachel. C'est quand même moi qui ais pris la décision de leur attribuer un corps ! annonça-t-elle.

– Votre sœur, vous voulez dire ?

– Oui, ma sœur, bien sûr, se repris Rachel en rougissant.

Tout-à-coup, elle s'immobilisa. Elle venait de voir dans le café, des personnes qui n'auraient pas dû être là.
Une vieille dame en grande robe qui lui souriait. Un vieux monsieur avec un très grand chapeau la

regardait avec mansuétude. Une petite fille avec un cerceau qu'elle faisait rouler avec une baguette qui lui faisait un signe de la main. Une multitude de personnes d'un autre siècle, s'était installé dans le café, à toutes les places inoccupées. Même derrière le comptoir, aux côtés des serveurs, étaient accoudés des hommes joyeux qui semblaient heureux de se trouver là.

Le professeur se rendit compte que sa fille semblait scruter quelque chose.

– Qu'est-ce qu'il y a Rachel ?

– Vous avez dit Rachel ! s'étonna Éric.

– Nous ne sommes plus seuls, expliqua-t-elle.

– Pourquoi l'appeler Rachel ? s'entêta Éric.

– Qui vois-tu ? demanda-t-il.

– Des personnes d'une autre époque. Dix-neuvième, il me semble.

– Comme lorsque tu étais petite, après ta chute du toit ?

– Oui, dit-elle.

– Quelqu'un peut m'expliquer ! s'irrita Éric.

– Tu as un fichu caractère, toi, le savant ! grogna le professeur.

– Vous vous êtes regardé, vous ? Pourquoi l'appeler Rachel ? Je croyais que c'était Léa ?

– Désolé professeur Fisher, je suis Rachel et c'est ma sœur Léa qui est dans le coma. C'est moi qui étais avec vous dès le premier jour de notre rencontre.

– Mais pourquoi m'avoir menti ? J'ai eu tant de peine pour vous !

– Je suis vraiment désolée ! s'excusa-t-elle. C'était au tour de ma sœur de sortir de sa cachette, et c'est elle qui a vraiment entendu les consciences. C'est d'ailleurs ce qui l'a plongé dans le coma !

– Vous êtes compliqués dans la famille ! s'exclama Éric.

– Merci pour le compliment ! remercia le professeur en soulevant son chapeau.

– Alors, qu'est-ce que cette nouvelle invention ? Vous voyez vraiment des gens invisibles ?

– Oui ; Des âmes de personnes disparues sont ici avec nous.

– Vous voyez des fantômes ?

– Vous préférez le mot conscience ?

– Désolé, s'emporta Éric en se levant, je n'adhère pas à vos mensonges !
Mais alors qu'il se levait, deux hommes habillés en cow-boy vinrent faire pression sur ses épaules pour l'asseoir de force.

– Qu'est-ce que c'est ? s'affola-t-il, en se tournant de tous les côtés. Qui m'a touché ? Qui m'a appuyé sur les épaules ?

– Ils disent qu'il n'y a pas à avoir peur, expliqua le professeur.

– Vous les entendez ! s'étonna Éric.

– Je les voies, mon père les entend et vous les sentez ! remarqua Rachel. Nous formons une chaîne de perception des âmes !
La petite fille vint prendre la main d'Éric.

– Qu'est-ce que c'est ! sursauta-t-il.

– Ce n'est qu'une petite fille, n'ayez pas peur ! Expliqua Rachel, attendrie devant la scène.

– Elle dit que ça faisait si longtemps qu'elle n'avait pas senti la chaleur d'une peau humaine ! transmit le professeur.

– Ce n'est pas possible ! Je deviens fou, moi aussi ! Aussi fou que vous ! Je sens une petite main fraîche dans ma main !

– Elle voudrait savoir si elle peut venir dans vos bras ? continua le professeur.

– Elle est si jolie ! remarqua Rachel. Elle monte.

– C'est incroyable ! Avoua Éric. Je sens son petit corps ! Je peux toucher son dos !   Ressentir la texture de sa robe ! Je crois que je vais me trouver mal ! annonça-t-il.

– Ce n'est pas comme un film d'horreur, professeur. Ces gens n'inspirent pas la peur. Au contraire ! fit remarquer Rachel. C'est comme s'ils étaient là pour nous protéger !

– Nous protéger de quoi ? s'inquiéta le professeur.

– Ils disent qu'ils viennent nous protéger du mal qui est en nous.

On voyait, en regardant Éric, que la petite fille ne tenait pas en place, qu'elle se tournait et retournait dans ses bras.

– Ils disent qu'à d'autres époques, on appelait ça, des démons. Aujourd'hui, on les qualifierait plutôt de problèmes psychologiques.

– Pourquoi ? nous risquons de devenir fous, là ? s'inquiéta Éric.

– Vu la manière bizarre dont vous vous tenez, il y a de quoi se poser des questions ! fit remarquer le professeur avec un sourire moqueur.

– C'est impossible, cette histoire de petite fille dans mes bras ! Je crois que je suis vraiment en train de perdre la raison !

– Est-ce que tous ces gens sont reliés à cet endroit ? demanda Rachel à son père.

– Ils disent qu'ils organisaient un bal dans cet endroit.

– Un bal ! s'étonna, Éric. La bonne blague.

– Encore un verre de vodka, Professeur Fisher ? demanda le professeur, qui s'amusait de la situation, tout-autant qu'il réfléchissait au pourquoi de ces événements, sans vraiment réussir à les comprendre.

– Vous avez raison ! Il vaut mieux que je sois saoul ! Je pourrais toujours vous incriminer de m'avoir berné avec votre vodka. Demandez-leurs, s'il vous plaît la vraie raison de leur présence. Ça ne tient pas debout, leur histoire de démon. Et puis, pourquoi, je ne les voie pas, comme j'ai vu les consciences ? Et de quelle manière sont-ils habillés dans la matière, puisque je peux les sentir ? À cet instant, la petite fille se dégagea et quitta Éric ressentit un vide immense. Il regarda ses mains immobiles.

– C'est si étrange ! C'est comme si c'était ma propre fille qui venait de me quitter !

En entendant ces paroles, le professeur pensa qu'il n'avait encore rien fait pour sauver Léa.

– Pouvez-vous m'aider à faire revenir ma fille ? demanda-t-il.

Rachel vit les gens se concerter uniquement par le regard. De toute évidence, ils étaient unis par une même pensée.

– Que répondent-ils ? voulue savoir Rachel.

– Ils disent que c'est faisable à une condition.

– Laquelle ?

– Il faut la remplacer, expliqua le professeur.

– La remplacer ! S'étonna Éric. Ils manquent de monde là-haut !

– Si je comprends bien. C'est une sorte de transfert d'énergie, expliqua le professeur.

– Je prendrais sa place ! déclara Rachel.

– Il n'en est pas question ! Affirma catégoriquement le professeur. J'ai délaissé trop longtemps ma seconde fille. Il est temps que je rende justice à ma merveilleuse enfant ! J'ai une dette envers elle. C'est avec plaisir que je donne ma vie pour continuer la sienne. J'ai assez bourlingué, d'ailleurs. Et pour vous dire la vérité, sans   ma femme, je ne suis que la moitié de moi-même.

– Non mais, vous êtes éduqués au sacrifice, tous les deux ! s'écria Éric. Je croyais que c'était typiquement chrétien mais je découvre, chez vous, ses origines dans le judaïsme ! Ils veulent un échange d'énergie ! Donnons-leur de l'énergie vive, de la vie ! Pas de la mort ! Ce ne sera pas la première malade à revenir d'un coma profond ! Si j'ai bien compris vos messages, les consciences, elles mêmes, veulent venir dans ce monde, et vous ne pensez qu'à mourir !

En entendant ces paroles, la petite fille revint se lover dans les bras d'Éric qui sursauta comme la première fois, mais éprouva de nouveau cette sensation d'épanchement des sentiments. Lui qui était si avare d'émotions positives se découvrait père et frère. Il fut pris de pitié aussi. Pourquoi, se demanda-t-il, cette petite fille était-elle morte si jeune ?

– Professeur, voulez-vous bien leur demander de ma part, depuis quand et comment cette petite fille est-elle morte ?
Le professeur savait bien qu'il n'y avait pas lieu de leur répéter quoi-que-ce soit, puisqu'ils entendaient tout. Il attendit simplement que la réponse lui parvienne. Il fut surpris et leur demanda par la pensée de répéter, pour être sûr de ne pas se tromper.

– Elle n'est jamais morte !
– Quoi ! dirent en cœur, Éric et Rachel.
– Comment-ça, elle n'est jamais morte ? demanda Éric. Pourquoi est-elle un fantôme, dans ce cas-là ?
– Elle n'est pas un fantôme, expliqua le professeur. Ni elle, ni les autres.
– Mais que sont-ils, alors ?
– Des consciences. Des âmes comme celles

de la falaise.

– Qu'est-ce que ça veut dire ? Pourquoi nous apparaissent-elles dans ce cas dans un corps que je peux toucher ?

– Que je peux voir ! rajouta Rachel.

– Pour moi qui ne fait qu'entendre, il n'y a pas de différence. Elles appartiennent à des gens qui vivent dans le monde en ce moment même.

Ils écarquillèrent tous les yeux. Celle qui voyait et ceux qui ne voient pas.

– Ils disent que nous devrions trouver un maître pour nous donner toute la connaissance qui nous manque afin d'aller au bout de cette histoire. Et que...

– Qu'est-ce qu'il y a ? s'inquiéta Rachel qui voyait qu'ils partaient les uns après les autres.

– Il nous faut retrouver cette petite fille. Elle saura nous enseigner. Et... Ils disent qu'elle est venue au monde pour ça.

La petite fille quittait aussi les bras d'Éric qui tentait de la retenir.

– Reste ! dit-il ! Avec toi, c'est une part de mon être qui s'éveille.

– Elle dit que vous devez la retrouver vite, avant qu'elle ne tourne mal !

– Mais où ça ?

– À New-York. Sur une grande avenue. Ils parlent de couronnes, de royauté...

– Mais nous avons la cérémonie internationale ! S'écria Éric.

– Ils disent qu'il vaut mieux la repousser. Les consciences ne viendront pas.

– Dans ce cas-là, c'est tout le projet qui s'écroule, expliqua Éric.

– Ils nous demandent de choisir entre la vérité ou la notoriété.

Éric sentit la petite fille se retirer complètement. Il ne put empêcher le tremblement qui agitait son corps. Le professeur, de son coté, se saisit de la bouteille de vodka et se servit un nouveau verre en regardant le vide. Il n'entendait plus rien et se demanda quand-il pourrait ramener sa fille ?

NEW-YORK, NEW-YORK

Allez savoir pourquoi, Cooper ne pris pas bien la chose. Alors qu'ils leurs semblaient ne pas lui avoir laissé le choix, « ils devaient absolument voyager ! » ils furent interceptés à l'aéroport.
Escortés vers des bureaux. Ils durent prendre leur mal en patience.

– Dire que je pensais être libre ! se lamenta amèrement le professeur.

Rachel et Éric ne disaient rien pour l'instant.
Un agent du gouvernement vint à leur rencontre.

– Professeur Grinberg, Agent Smith, se présenta-t-il. Je suis mandaté par le gouvernement des États-Unis pour vous conduire dans votre nouveau lieu de travail.

– Et si je ne veux pas vous suivre ? Parce que comme vous le voyez, nous étions en route pour New-York.

– Alors, c'est qu'il y a un malentendu. Vous avez bien signé de votre plein gré un contrat qui vous engage envers le gouvernement de notre pays.

– Est-ce que ce contrat stipule que je ne peux pas me déplacer dans la superficie de mon nouveau pays d'accueil ?

– Vous aviez trois jours pour vous présenter et prendre possession de vos nouvelles fonctions.

– Il me reste encore deux jours pour rejoindre le laboratoire.

– Je ne vous cache pas que mes supérieurs ont peur de vous perdre. Il parait que vous avez une fâcheuse tendance à vous égarer.

– Comme c'est gentil de vous inquiéter pour moi. Pourtant, je suis adulte et j'ai le droit de partir une journée à New-York !

– Qu'allez-vous faire à New-York ?

– Je vais voir un Rabbi.

– Un Rabbi ! s'étonna l'agent du gouvernement.

– Oui. J'ai besoin de sa connaissance et de sa bénédiction avant de m'engager dans des projets scientifiques d'une telle importance.

– Et vous avez convaincu le professeur Fisher de venir recevoir une bénédiction aussi ? Sans vouloir vous vexer, vous n'avez rien d'un juif orthodoxe.

– Disons que j'ai fait des choix dans ma vie, mais je n'ai jamais perdu la foi de mes ancêtres. Chez le juif, apparemment le plus éloigné de son héritage ancestral, grattez un peu et la foi jaillira comme un torrent de vie pure.

L'homme ne sut pas quoi penser. Il était perplexe. Après tout, un citoyen des États-Unis pouvait aller où bon lui semble.

À ce moment-là, la porte s'ouvrit et Cooper rentra.

– Traître ! lui dit Éric.

– C'est vous, les traîtres, qui me trahissez, la veille de la commission internationale !

– Vous nous bloquez à l'aéroport comme de vulgaires bandits ! s'écria Rachel.

– Qui êtes-vous ? questionna L'agent.

– Je suis le chargé de relation de la commission internationale sur les consciences.

– Vous n'êtes pas dans un territoire international, ici ! Qui vous a permis d'entrer sans autorisation ?

– Ces savants font partit de la commission internationale ! Protesta Cooper.

– Vous faites erreur ! Le professeur Grinberg ne dépend d'aucune commission internationale ! Il travaille pour le gouvernement américain ! Montrez-moi vos papiers !

– Mais ! Bougre d'idiot ! s'emporta Cooper. C'est moi-même qui ai organisé le contrat avec la NASA !

– Je vais travailler avec la NASA ! s'étonna le professeur. Merci de me tenir au courant.

– Qui vous permet de me traiter d'idiot ? répliqua l'agent Smith. Donnez-moi votre carte d'identité !

Une heure plus tard, le groupe ressortit des bureaux de la police des aéroports.

– Ce qui est sûr, dit Rachel, c'est que l'on a

manqué notre vol.

– Quelle perte de temps ! dit Cooper, découragé.

– Attendez d'être plus connu, pour traiter les agents fédéraux d'idiots, fit remarquer le professeur. Comment se fait-il qu'ils s'appellent toujours, « agent Smith ? » Je croyais que c'était un cliché au cinéma !

– Où fuyiez-vous ? demanda Cooper.

– On pourrait prendre un café avec un cake ? J'adore l'ambiance des aéroports. S'asseoir, boire un verre, et c'est déjà un voyage.

– C'est devenu maladif, chez toi, fit remarquer Rachel. À chaque fois que tu dois répondre à une question, tu veux t'asseoir boire et manger !

– D'où l'expression se mettre à table, admis le professeur. Il est quand même trois heures du matin !

– Moi aussi, j'aurais besoin d'un café, dit Éric. Toute cette vodka m'a mis la tête en bouillie.

– Vous avez bu ! s'inquiéta Cooper, en se rapprochant pour sentir l'haleine d'Éric.

– N'ayez pas peur, cher Cooper, nous avons passé les dix-huit ans, précisa le professeur.

Lorsqu'ils furent installés à un café, Cooper croisa les bras en attendant des explications. Ils se regardèrent tous les trois, se demandant ce qu'ils pouvaient vraiment lui raconter. Rachel commençait à perdre patience, le professeur s'amusait du silence qui s'installait. Ce fut Éric qui se décida, malgré un terrible mal de tête, à lui parler.

– On ne fuit pas nos responsabilités, Cooper.

– C'est l'alcool qui vous est monté à la tête ?

– Les consciences ne viendront pas demain.

– Tu me l'a déjà dit au téléphone. Sans m'expliquer comment et pourquoi, d'ailleurs. Donc, puisqu'elles ne viennent pas, vous fuyez ! C'est logique !

– On ne fuit pas !

– Alors, pourquoi quitter la Californie ?

– C'est difficile à accepter, pour nous aussi, mais, les consciences nous ont fixé un rendez-vous.

– Vous avez communiqué en dehors de la falaise ? Vous étiez au laboratoire ?

– Non, au café sur la plage.

– Sans instruments ! Comme ça ! Au milieu des clients du bar !

– Oui. Et ils nous demandent d'aller à New-York retrouver une personne qui nous permettra d'avancer dans la compréhension du projet.

– Pour quelqu'un qui voulait travailler seul Éric, tu t'es émancipé ! Merci, la famille Grinberg ! Un autre larron pour faire la fête dans les bars du bord de mer ? Vous faites tourner les verres de vodka sur des tables rondes ?

– Écoute moi ! le temps nous est compté, continua Éric en avalant son café amer avec une grimace. Partage le dernier enregistrement vidéo avec la commission. Ils pourront constater combien on a avancé ! Il faut repousser la rencontre, parce que les consciences n'ont pas l'intention de venir.

Cooper réfléchit un instant. Il pensa qu'ils avaient sans doute, tous, perdu la raison. Pourtant, lui aussi avait vu les consciences. Il ne pouvait pas le démentir. Les derniers événements lui échappaient. Il regarda Éric en se souvenant du jeune savant introverti mais qui paraissait si stable psychologiquement. Éric était-il toujours Éric ?

– Écoutez, dit Cooper. Je suis prêt à vous aider, mais vous arrêtez de me mentir.
– Quel genre d'aide ? demanda le professeur.
– Nous n'allons pas fuir ni la commission internationale, ni le gouvernement et je peux nous avoir un jet privé.
– Nous ! souligna Rachel.
– Oui ; je ne m'engage pas pour vous sans vous surveiller de près. Donc, je voyage avec vous. Ou alors, que ce soit uniquement l'un d'entre vous qui parte rencontrer ce mystérieux savant Newyorkais.
– Impossible ! dit Éric.
– Pourquoi ça ? Une personne de votre troupe prend un vol discret, la commission ne remarque rien et tout va bien pour tout le monde !
– Nous avons besoin de chacun d'entre nous pour l'intercepter ! expliqua Éric.
– Arrêtes de me pendre pour un plouc ! Voyagez en couple, toi et la jeune Grinberg, et le professeur reste avec moi !

– Non ! dit Éric. Il est le seul à entendre leur voix !

– Alors, Léa reste ici.

– Pas question ! dit Éric. Elle est la seule à les voir.

– Et toi ? Tu es le seul à leur parler ?

– Non ! Je suis le seul qui puisse l'attraper !

Cooper les regarda tous les trois. Il s'attendait à ce que l'un deux, Éric, tout-au-moins, lui disent : « c'est une blague ! On te fait marcher ! » Mais rien ! Ils restaient murés dans leur histoire rocambolesque qu'ils ne lui avaient pas encore vraiment racontée, d'ailleurs.

– J'ai dut manquer un épisode de votre série télé, dit-il, mais, vous voulez attraper qui ? A part une méningite, bien-sûr !

– D'accord pour le jet privé ! déclara le professeur. Ils nous ont dit de nous dépêcher, dit-il en s'adressant à sa fille et Éric. On est là à essayer de lui prouver qu'on n'a pas complètement perdu la boule ! À moins que ce soit à nous même que l'on essaie de prouver que tout ça c'est normal !

Malgré, ses airs exagérés de grand seigneur, Cooper était dans une période de sa vie où il pouvait réellement obtenir des moyens pour parvenir à ses fins. Entre la NASA et la commission internationale, il était au bon endroit, au bon moment. Aussi, c'est dans le luxe d'un jet privé, qu'ils volèrent vers New-York. L'autre raison était que le gouvernement pouvait ainsi surveiller ses savants prometteurs de très près.

Aéroport de Newark, dans le New Jersey. Comme ils n'ont pas de bagage, ils courent vers une voiture de location. Un immense 4x4 les attend déjà. Cooper prend le volant, Éric s'assoit à ses côtés.

– Où va-t-on ? demande-t-il.
Rachel et Éric se retournent vers le professeur.

– Ma seule informations, pour l'instant, c'est : une grande avenue, et une couronne, avoua-t-il.

– C'est une blague ! déclara Cooper, effaré. Vous savez combien de grandes avenues, il y a dans New-York ?

– Je n'en sais rien, rétorqua le professeur. Mais je peux vous parler de Moscou, si ça vous intéresse !

– On a utilisé un jet privé pour faire les magasins à Manhattan ? Se moqua Cooper.

– Arrête d'être de mauvaise foi, gronda Éric. On est ici pour une mission particulière qui demande toute notre concentration ! Alors, soit, tu marches avec nous, soit tu nous attends dans un hôtel.

– Ne me parle pas, d'hôtel, en plus, tu vas me rappeler que nous n'avons pas dormi dans un lit, cette nuit.

– Je peux prendre le volant, je sais conduire ! annonça Éric. Comme ça, tu évites de nous mitrailler de tes réflexions !

– Pas question de me faire conduire par des buveurs de vodka ! Ni toi, ni le russe de mauvaise fréquentation qui est assis derrière !
Le professeur sourit en se disant que Cooper était quelqu'un d'attachant, finalement.

– Ma fille peut conduire, alors, proposa-t-il, elle n'a même pas voulu boire sa coupe de vin blanc !

Ah non ! S'exclama Cooper. On va avoir l'air de demeurés mentaux ! Trois hommes dans une voiture et c'est une femme qui conduit !

– Vous savez vraiment parler aux femmes, Cooper, fit remarquer Rachel.

– Vous avez remarqué mon charme naturel et la délicatesse de mes propos ! annonça Cooper. Bon, dit-il. Je ne vais pas déranger votre karma ni votre troisième œil et je me mets au service de vos instructions. Je démarre, je rejoins Manhattan et là-bas on essaye de trouver une grande avenue, et un roi, s'il y en a encore un, depuis Martin Luther-King, on ne sait jamais, et vous me dites où aller. C'est bon pour les médiums ?

– Très bien ! dirent en cœur Rachel, Éric et le professeur.

Ils voyagèrent ainsi en silence, en regardant le paysage et les aller-venues des voitures grandes et petites.
Passé un moment, Cooper alluma la radio.

– Pas de radio, s'il vous plaît Cooper ! demanda le professeur. J'essaie d'entendre une voix.

— Ah désolé ! dit Cooper, en éteignant la radio.

Passé un moment, il se mis à siffler.

— S'il vous plaît, Cooper !
— je ne peux pas siffler, non plus ?
— Non. dit le professeur.

Passé un instant, Cooper tapota des doigts sur le volant.

— D'accord Cooper, trouvez une musique tranquille, genre, musique classique, et arrêtez de tapoter des doigts.
— Ah, non ! Pas du classique ! Pitié !
— Un truc calme, alors !

Cooper chercha sur les ondes et dégota un programme consacré à Ed Sheeran.

— Il est calme Ed, dit Cooper. Bon, fit-il, il a des moments de délires, mais dans l'ensemble, il est calme.
— Très bien Cooper.
— Dites, professeur ?
— Quoi, encore, Cooper ?
— Vous entendez vraiment des voix ? Parce que les gens qui entendent des voix sont des schizophrènes, en principe. On m'a même dit que Freud expliquait que Jeanne d'Arc était schizophrène...

Le professeur ne répondit rien.

— Vous en pensez quoi ? Professeur ?
— De Jeanne d'Arc ! Franchement, je ne crois pas l'avoir rencontré dans une vie antérieure, à ce

que je me rappelle, et je me fiche de savoir si elle était schizophrène ou non.

— Remarquez, on dit aussi que Freud était névrosé, rajouta Cooper.

— Tu es obligé de parler tout le temps ? demanda Éric, à bout de nerf.

— Pourquoi, tu entends des voix toi aussi ?

— Non, mais j'ai un mal de tête terrible et tu me casses les oreilles avec tes questions !

— C'est vrai ! toi, tu es l'attrapeur ! Se moqua Cooper. Le Goal !

Heureusement, à un certain moment, Cooper comprit qu'il dépassait peut-être les bornes et eut le bon sens de refréner sa nature. Il essaya alors de réfléchir à toute cette histoire bizarre, mais la réflexion n'était pas son fort. Il était un homme d'action, de négociation. Passé un délai qu'il jugea extrêmement long, il se rangea sur une allée de l'autoroute.

— Qu'est-ce qu'il se passe ? demandèrent-ils.

— Je sens que je m'endors, parce que personne ne parle, et Ed est vraiment trop calme, alors, compte tenu que je suis le plus responsable de notre bande de bras cassés, je préfère m'arrêter plutôt que de provoquer un accident de la route.

— Vous avez bien fait, dit Rachel. Je vais prendre le volant.

Ils échangèrent leur place. Rachel était un peu gênée de se retrouver près d'Éric, et Cooper encore plus, de se retrouver à côté du professeur.

— Dites, Léa !

– Vous pouvez m'appeler Rachel.

– On est entre nous ! fit remarquer Cooper.

– Vous avez une question ?

– Oui. Le schizophrène à côté de moi, n'est pas dangereux au moins ?

– Je n'ai tué personne depuis quelques jours, annonça le professeur.

– Vous êtes dans une bonne période, c'est déjà ça de gagné, admit Cooper.

– Vous pouvez mettre votre tête sur mon épaule si ça vous rassure !

– Ça ne me rassure pas du tout ! avoua Cooper en se calant contre la portière.

– C'est un tank, cette voiture ! dit Rachel en avançant le siège. Cooper est un géant à côté de moi.

– Ça va vous changer de la Fiat 500, fit remarquer Éric.

Elle sourit. C'était étrange de le voir si conciliant, lui qui avait été tellement opposé à toute approche non cartésienne. Elle sourit de toute cette histoire. Comme si voir les consciences révélait de la science exacte ! Non, en fait, c'était une position de circonstance, et il montrait enfin sa vraie nature. Elle eut presque envie de lui prendre la main pour lui signifier qu'elle le comprenait. Mais entre un homme et une femme, ce genre de geste veut signifier bien autre chose. En fait, c'était peut-être l'effet de la fatigue ou de l'alcool. Il ne devait pas être habitué à boire de la vodka. Son père avait su briser ses barrières et la petite fille avait terminé le travail en beauté.

En réalité, ce qu'elle ne pouvait pas savoir c'est que Éric se sentait en famille avec ce petit groupe constitué d'un père et sa fille et son ami Cooper.

Cooper dormait maintenant, en ronflant, et Éric comme Rachel commençaient à se demander s'il n'y avait pas du vrai dans les moqueries de Cooper. Ils roulaient au hasard des voies gigantesques de New-York. Que pouvaient-ils réellement espérer ? Pourtant, tout-à coup, le professeur s'écriât :

– Mais oui ! Je ne connais qu'une seule avenue !

– Quoi ? demandèrent-ils surpris.

– Même en Russie, je ne connaissais que celle-là ! Kinston avenue ! S'écria-t-il joyeux. C'est ça, la couronne, la royauté !

– Comment ça se fait que tu connais cette avenue ? demanda Rachel en insérant l'adresse sur le GPS.

– Une longue histoire d'espionnage.

– Racontez, dit Éric en se retournant pour voir le visage satisfait du savant.

– Il va vouloir s'arrêter à un restaurant, fit remarquer Rachel en se moquant.

Ils étaient soulagés de découvrir un sens à cette quête sans loi ni logique. Le professeur sourit. Il se projetait dans son passé, dans ses souvenirs si nombreux. Aujourd'hui, dans ce nouveau pays, il se demandait même si tout ça avait existé.

– Je connaissais un secrétaire du parti, un

juif qui était secrètement un ami des contre-révolutionnaires. Il s'appelait Chiff. Il y avait eu des événements incroyables. Le Rabbi Shnerson de Loubavitch, qui était à la tête d'un réseau clandestin de sauvegarde et de diffusion du judaïsme orthodoxe, ce qui était considéré comme un crime contre l'état, s'était finalement fait arrêté. À cette époque, les arrestations étaient courantes et elles se soldaient toujours par des années d'exil en Sibérie, ou par la peine capitale. Et là, ils avaient enfin mis la main sur le chef de l'opposition. Ils avaient capturé un roi et ils comptaient en finir avec lui de la façon la plus extrême !

– La mort ? demanda Éric.

– C'était une procédure habituelle. Staline à fait tuer des millions de personnes. Un chef de l'opposition aussi actif ne pouvait espérer mieux. Pourtant, le monde libre, l'Europe et l'Amérique s'est insurgé contre l'incarcération de ce saint homme. De mon côté, j'étais plutôt pessimiste, pourquoi auraient-ils accepté de libérer un tel meneur qui depuis des décennies refusait de se plier au pouvoir révolutionnaire qui écrasait tout sur son passage ? Je pensais même qu'il était déjà mort, car ils tuaient d'abord et organisaient des procès factices ensuite.

– Mais quel rapport avec New-York ? demanda Eric.

– Le rapport, c'est qu'il a été libéré. Sa peine a été transformée en exil pour la Sibérie. Puis, même l'exil a été annulé. Et au final, il est venu se réfugier à New-York où il a fondé un empire avec l'aide de son gendre qui a continué et accentué son travail.

– Ah oui ? dit Eric.

– J'ai sût tout ça par Chiff, qui me demandait régulièrement de trouver des moyens pour acheminer des livres et des châles de prières, des téfilines, les phylactères, pour les disciples du Rabbi qui étaient toujours prisonniers en Russie. Tous les colis provenaient toujours de la même adresse : Kingston avenue et 770 Eastern-Parkway, New-York.

– Et tu l'as aidé ? demanda Rachel avec étonnement.

– Oui.

– C'était très risqué, remarqua Eric.

– Oui.

– Pourquoi avoir pris ce risque ?

– Bonne question, fit remarquer le professeur. Je crois que j'admirais ces hommes capables de lutter contre un régime abominable. Ce don de soi pour servir un créateur invisible me subjuguait. Un simple enseignant pour les petits enfants était jugé comme un agitateur subversif et condamné à vingt-ans de travaux forcés en Sibérie. Comment réagissait le Rabbi ? Il le remplaçait aussitôt par un autre qui risquait le même sort horrible. Tout ça, pour qu'un petit garçon juif ne manque pas d'apprendre à lire et écrire dans la langue sacrée. Est-ce que je pouvais me dérober, moi qui, comme Chiff, était protégé par un statut privilégié ?

– Je comprends mieux pourquoi tu nous as intégré à ces études, expliqua Rachel.
Tout-à-coup, le GPS annonça : « Vous êtes arrivés à destination ! »

Le professeur regarda fasciner comme s'il retrouvait un ami d'enfance.

– J'ai rentré l'adresse que tu connais par les colis : Nous sommes au 770 Eastern-Parkway, expliqua Rachel. Kingston avenue est à l'intersection. Le quartier s'appelle Crown Eight, les hauteurs de la couronne !

– Vous permettez que je sorte un peu ? demanda timidement le professeur. Cet endroit est pour moi comme une légende inaccessible. Et m'y voilà !

– Faîtes Professeur, dit de bon cœur, Eric.

– Je me gare un peu plus loin sur Kingston avenue, cria Rachel alors que son père sortait en claquant la portière, ce qui eut pour effet de réveiller Cooper en sursaut.

– Vous avez trouvé le savant ? demanda-il aussitôt.

– Il faut quand-même te préciser que c'est une fille ! dit Eric en riant.

– Une fille ! Ce n'est pas vrai ! Du genre ; les sœurs Grinberg ?

– Ah, non, fit Eric. Ces sœurs-là sont uniques au monde !
Rachel rougit. Eric regarda dehors.

– C'est un compliment d'objet direct, ça, ou

je ne m'y connais pas ! Il est parti où, le savant ? Et on est où là ? demanda-t-il dans un bâillement.

– Je ne sais pas si tu vas apprécier, Cooper, mais là, on est en plein cœur d'un quartier juif, expliqua Eric.

Pendant ce temps, le professeur regardait de tous ses yeux, comme un enfant que l'on emmène au musée. Mais ce musée-là s'appelle la vraie vie.
L'esplanade du 770 Easten-Parkway grouillait d'animation. Surtout des jeunes garçons, tous, arborant le chapeau qui avait remplacé la casquette de l'union soviétique et la veste de costume, comme ce qui était encore en cours, cinquante ans en arrière aux USA. Pour ce qui était de la tenue réglementaire qui était ainsi respectée, se dit-il, car on reconnaissait là, une communauté. Par contre, pour ce qui étaient des pantalons et des chaussures, la liberté était de mise et les baskets à l'honneur. Lui-même, avec sa barbe et son chapeau ne dépareillait pas ; un passant aurait pu penser qu'il habitait le quartier.
Il eut presque envie de descendre les escaliers qui menaient vers la maison d'étude et de prière, juste pour voir ce que ça faisait de rentrer dans un endroit libre de culte. Mais il se rappela qu'il avait une mission à accomplir. Ils devaient retrouver la fille qui leur permettrait d'en apprendre un peu plus sur le secret des âmes.

Toutefois, alors qu'il se dirigeait vers Kingston avenue, il eut la sensation qu'un regard extrêmement fort était fixé sur lui. Il se retourna rapidement et put distinguer une silhouette qui ne lui semblait pas inconnue, pour l'avoir déjà vu en photo, lorsqu'il était en Russie. Il fit alors demi-tour et comme dans un rêve se rapprocha de cet homme bienveillant qui le regardait avec un grand sourire.

– Professeur Grinberg, lui dit l'homme, d'une voix mélodieuse et profonde, en lui tendant la main.

– Êtes-vous le Rabbi de Loubavitch où est-ce que vous lui ressemblez beaucoup ?

– Il était de mon devoir, continua-t-il en russe, puisque vous passiez près de la maison d'étude de mon beau père, de vous remercier pour votre aide désintéressée. Les colis que vous nous avez transmis ont insufflés l'espoir et ont permis à des juifs soucieux de servir leur créateur, de rester attaché à la source de leur vitalité.

– J'ai accompli si peu alors qu'ils avaient besoin de tellement plus.

– Vous avez accompli votre part et ne vous êtes pas dérobé malgré le danger véritable. Vous ne devez rien vous reprocher. Chacun agit dans la mesure de ses moyens et de ses possibilités réelles. Le reste n'est que spéculation et vous comme moi, n'avons pas le temps pour de tels sentiments.

– Rabbi, demanda le professeur. Suis-je le seul à vous voir, en cet instant ou d'autres vous voient également ?

Pour toute réponse, le Rabbi lui fit un grand sourire.

– Vous avez aujourd'hui, le mérite d'accomplir une grande mission de sauvetage.

– La petite fille ?

– C'est déjà presque une jeune fille, précisa le Rabbi. C'est une âme très spéciale qui, contrairement aux âmes anciennes, vient pour la première fois sur cette terre. Comme toutes les âmes nouvelles, elle est douée d'une mémoire exceptionnelle et d'une sensibilité accrue. Je vais vous transmettre le lieu où elle se trouve. Vous devez l'extirper de force de cet endroit et la ramener chez sa mère pour qu'elle l'autorise à voyager avec vous.

– Et ensuite ? voulu savoir le professeur.

– Vivre intensément l'instant présent, coûte que coûte.

Le Rabbi disparut en laissant la trace profonde de son sourire bienveillant et de l'intensité de son regard. Le professeur avait toujours la main tendue. Il ne s'était pas rendu compte que sa main était restée dans celle du Rabbi, tout-au long de leur discussion. Il en ressentait encore la douceur et la chaleur. Dans sa main était un papier plié. Il l'ouvrit et y découvrit une adresse à Manhattan.

LA FILLE DANS LE PUB

Ils poussèrent la porte du pub et plongèrent aussitôt dans l'obscurité. L'endroit était enfumé et l'odeur de l'herbe se mélangeait avec l'odeur de l'alcool. Quelques tables au milieu de la salle étaient vides, en revanche, les box étaient bondés.

– Charmant, commenta Cooper. Elle est ici, votre génie ?

– Il n'y a aucun doute, affirma le professeur.

– Donc, il y a de grandes chances, qu'elle soit narcomane.

Rachel était effrayée et se collait contre son père qui lui tenait très fort la main. De grands Afro-Américains marchaient nonchalamment en direction du bar. Des blancs aux allures mexicaines arboraient des boucles sur le nez, des piercings sur les sourcils, les lèvres et les joues.

– Si on s'en sort vivant, je vous paye une tournée de vodka ! annonça Cooper.

– Pas ici la tournée ! répondit Eric. On trouve la fille et on sort !

– Ton karma te révèle également qu'on fait

un peu tache d'huile ? J'aurais dû mettre un jeans troué mais ce n'est pas trop mon style. Ne faut pas se forcer dans la mode, on fait tout de suite, apreté.

– Faisons le tour des box pour trouver la fille, proposa le professeur. Je pourrais entendre sa voix, mais c'est à toi, Rachel, de la reconnaître.

– Et si on nous plante un couteau quelque-part ? demanda Cooper.

– Eh bien, on ira « quelque part » ! dit logiquement le professeur.

– Il faut bien aller « quelque part », un jour ou l'autre, de toute façon, surenchérit Eric.

– Vous êtes de connivence pour les voyages ultimes ? je préfère rejoindre tes consciences, le plus tard possible, si tu n'y vois pas d'inconvénient !

– Allons-y, et restons groupés ! on sera moins vulnérables, conclut le professeur.

Ils marchèrent lentement en examinant les box. Il était clair que les consommateurs, engoncés sur les banquettes, n'appréciaient pas tellement être dévisagés de cette manière-là, alors qu'ils s'abandonnaient à l'alcool et à la drogue.

Souvent, ils étaient si imbriqués les uns sur les autres, hommes et femmes, blancs et noirs, que l'on avait du mal à distinguer la jambe de l'un, du bras d'un autre.

C'est au septième box que Rachel la vit. Elle semblait plus âgée mais elle avait gardé les mêmes traits, malgré une allure gothique prononcée et un visage désabusé. Elle était avachie sur une amie du même gabarit alors que des adolescents allumés, les cheveux sales, cintrés dans des vêtements sombres leurs racontaient monts et merveilles sur une drogue du dernier cri.

– C'est elle ! Affirma, Rachel.

– Laquelle des deux ? demanda son père.

– La brune ! précisa Rachel.

– Tu l'attrape et on sort ? proposa Cooper.

– Il vaut mieux lui parler, d'abord, répliqua Eric, qui se voyait mal sortir cette fille de force.

– Vous voulez quoi les cinglés ? demanda un des garçons.

– On vient chercher les jeunes filles, répondit le professeur, en se disant que la copine n'allait tout de même pas rester seule dans cet endroit glauque.

Malgré sa torpeur, la jeune fille brune les fixa d'un regard interrogateur. Il était clair que seule une part de sa conscience était présente, mais elle était tout de même intriguée par le groupe.

– Vous êtes quoi ? La famille qui vient récupérer les fugueuses ? voulu savoir le deuxième garçon.

– Elle a l'air, complètement défoncée ! fit remarquer Cooper. Vous êtes sûr que c'est elle ?

– On ne les connais pas ces gugusses ! nia la blonde.

– Moi je les ai déjà vu ! bredouilla la brune, d'une voix pâteuse.

– Si tu sais qui nous sommes, repart avec

nous, conseilla le professeur d'un ton décidé.

– Pour aller où ? demanda-t-elle en fermant les yeux. Je voyage déjà ! Je n'ai besoin de personne, là où je vais !

– Tu es venu nous chercher ! C'est toi qui nous as appelé ! Lui cria Eric.
Elle ouvrit difficilement les yeux pour le regarder.

– Ah, bon ? dit-elle, curieuse. Et vous êtes venus pour moi ?

– Oui, répondit Rachel.

– De loin ?

– De San Francisco, répondit Rachel.

– Écoute, petite. Tu as besoin de nous, comme nous avons besoin de toi, expliqua le professeur.

– Vous lui voulez quoi ? voulu savoir la blonde.

– Nous sommes tous, des savants, expliqua le professeur.

– Fiii, des savants ! siffla l'un des garçons.

– Eh ! Mais je le reconnais ! s'écria l'autre adolescent. C'est cette pourriture de Fisher ! Celui qui capture les fantômes avec des pièges !

Cette annonce, attira d'autres clients qui s'approchèrent avec des mines menaçantes.

– Bon, s'inquiéta, Cooper. Éric, attrape la fille et on dégage !
Eric tendis la main vers la fille. Il la sentait indécise, inquiète. On lui tendait une main qu'elle avait demandé sans-y croire vraiment.

– On te propose un voyage dans notre rêve ! lui dit-il.
Elle ne savait pas, si elle devait s'engager, quitter son trip, sa chute, sa fatigue, son abandon. Elle était bien, dans son malaise, après tout. Elle parvenait presque à neutraliser sa conscience.

– C'est le Rabbi qui nous a donné cette adresse pour te retrouver ! annonça le professeur.

– Le Rabbi ! s'étonna-t-elle. Vous connaissez le Rabbi ?

– Regarde, dit le professeur, en lui tendant l'adresse écrite sur la feuille de papier.
Elle se redressa brusquement, comme si sa chute n'avait été qu'un leurre. Elle examina l'écriture, puis porta le papier à ses lèvres et l'embrassa.

– C'est l'écriture du Rabbi, attesta-t-elle, en se levant pour les suivre. Je viens.

– Tu vas avec ces tordus ? lui demanda la blonde ?

– Et alors ? répondit-elle. Moi aussi, je suis tordue.
La blonde se leva en furie.

– Qui vous êtes, d'abord ? Toi, tu es vraiment ce dingue qui enferme les fantômes dans des cages d'hélium ? Pourquoi tu t'intéresses à une môme ? Tu veux la disséquer en laboratoire parce que vous avez entendu parler de ses dons, de son esprit unique au monde ?
Eric qui pensait qu'il en avait fini avec le sujet, se renferma par réflexe et rebroussa les talons. Pourtant, une barrière humaine bigarrée et men-

açante s'était formée sur son chemin.

— Ça fait quoi, d'être prisonnier ? demanda une montagne humaine de plus de deux mètres de haut.

— Il paraît que tu as séquestré mon grand-père ? gronda un chauve avec une horloge tatouée sur son front.

— Non, c'est faux ! annonça le professeur en se plaçant devant Éric pour le protéger.Tu me garde mon chapeau ? demanda-il à sa fille en lui tendant son feutre. Ton grand père n'a jamais été dans un laboratoire de toute sa vie ! Parce que ton grand père était enfermé au zoo avec les singes !

Et sans transition, il frappa d'un grand coup de tête dans l'horloge. Le chauve tomba à la renverse et le professeur fit un bond pour envoyer une droite dans le visage du géant. Aussitôt, Cooper appuya sur un interrupteur qu'il avait dans sa poche, lequel actionnait un signal d'alarme qui déclencha l'arrivée en masse d'une dizaine d'agents fédérés, l'arme au point.

Tous les clients furent rapidement encerclés et tous les muscles maîtrisés.

Rachel se dirigea vers la jeune fille qui était assise et regardait, hébétée, tout ce déploiement de force sans vraiment comprendre.

— Viens, lui dit-elle, en la soulevant délicatement par le bras.

Elle se laissa faire et elles se dirigèrent lentement vers la porte, suivies par les hommes qui marchaient avec des regards curieux vers les armes et les doses de drogues en tout genre qui s'alignaient sur le comptoir.

La lumière et l'air frais ne leur paru jamais aussi agréables qu'en cet instant. Cooper, qui s'était entretenu avec un capitaine, les retrouva dans la voiture. S'installa à la place du conducteur. Derrière étaient les filles et le professeur.

– Tout le monde va bien ? demanda-il, en se retournant.

– Bien, merci, dit Rachel. Grâce à vous, j'imagine ?

– J'ai eu peur que votre père s'en prenne à tout le pub ! Vous savez décidément vous servir de votre tête, professeur !

– Je n'ai pas pu résister à l'appel de son horloge ! avoua le professeur.

– Et notre invité ? s'inquiéta Cooper.

– Elle récupère, expliqua Rachel.

– Est-ce qu'elle n'a pas besoin d'un séjour à l'hôpital ?

– Je vais bien, dit la jeune fille.

– Tu es très pâle et tes yeux, très rouges ! expliqua Cooper.

– J'ai déjà été bien pire que ça, expliqua-t-elle sans honte.

– Je n'en doute pas, acquiesça Cooper. Le capitaine connaît une infirmière diplômée qui peut peut-être te soigner un petit peu, en toute discrétion.

– J'ai juste besoin d'une douche et de me

changer.

— Désolé d'insister, mais, tu as, semble-t-il, eu recours à de la drogue et de l'alcool, et se désintoxiquer n'est pas une simple formalité.

Elle ne répondit pas et porta simplement sa main sur ses yeux avec une immense concentration. Lorsqu'elle ôta sa main, son visage était tout autre. Elle semblait avoir retrouvé tous ses esprits.

— D'accord ! fit Cooper époustouflé. Encore un phénomène ! Si quelqu'un peut me dire où diriger les quatre roues motrices de ce véhicule ?

— Allons d'abord chez les parents de cette enfant ! conseilla le professeur.

— Pour quoi faire ? se rebella la jeune fille. Vous m'aviez dit que je venais avec vous !

— On ne va pas t'enlever, tout de même ! On doit avoir la permission de tes parents.

— Ils sont morts ! annonça-t-elle.

— Ah oui ? dit froidement Cooper en insérant une adresse sur le GPS. Comment on dit déjà ? Paix à leur âme ?

Il démarra le 4x4 qui était suivit de deux autres voitures.

— Donc, nous n'avons jamais été seuls sur la route ? questionna Eric.

— Ils n'ont pas l'intention de perdre une telle grappe de génies, confirma Cooper. Même si je ne comprends toujours pas, pourquoi vous avez besoins de la petite, derrière.

— Tu sais ce qu'elle te dit la petite ? grogna-t-elle.

– Je ne tiens pas tellement à le savoir ! Répondit Cooper en riant. Quel âge tu as ?
– Vingt-quatre ans !
– Et moi, je suis pâtissier !
Il s'arrêta sur le côté de la chaussée et consulta son portable.
– Fausse adresse, dit-il, la copine à mentit, et... Magnifique ! Les petites ont déjà des asiers judiciaires ! Bon, l'avantage c'est qu'on a tous les renseignements utiles ! Donc, tu t'appelles Tova Senior, et tu habites rue président, au numéro...
– Ça va ! Vous n'allez pas raconter toute ma vie à tout le monde !
– Et tu n'as que onze ans !
– Sur les papiers ! corrigea-t-elle.
– Alors qu'en réalité, c'est autre chose ?
Tout-à-coup, la voiture se souleva et les secoua avant de retrouver le sol.
– Qu'est-ce que c'est ? demandèrent-ils, sans comprendre.
– C'est ma réalité ! précisa-t-elle.
Le professeur riait mais les autres étaient interloqués.
– C'est toi qui as fait ça ?
– Peut-être, dit-elle simplement. Vous croyez être des adultes ? Vous ne maîtrisez rien du tout ! Vous n'êtes que des enfants attardés.
Le téléphone de Cooper sonna.
– Elle est ringarde votre sonnerie à l'ancienne ! C'est le capitaine Biss qui veut savoir s'il y a un problème.

– Allô ? Non capitaine, tout va bien, on essaie la suspension. Ne vous inquiétez pas, un truc technique des savants surdoués que je surveille de près. Vous êtes intéressé,   pour votre équipe ! Ah, non ! c'est encore top secret. Bien-sûr, on reste en contact.

– Comment tu fais ça, Tova ? demanda Rachel.

– Tu m'appelles Tova ?
Elle fixa Rachel intensément.

– Tu veux savoir si j'ai le droit de t'appeler par ton prénom ?

– Vous voulez quoi de moi ?
Tout-à-coup, elle chercha le regard du professeur qui se tenait derrière sa fille près de la portière opposée.

– Je voulais juste vérifier si tu étais télépathe, et de toute évidence, c'est le cas !

– Ça alors ! Fit remarquer Cooper. Des schizophrènes et des télépathes ! J'ai touché le gros lot ! Est-ce que je peux démarrer sans risquer un accident ?

– Elle dit, d'accord. Elle remarque que tu es le plus rigolo, Cooper.

– On se tutoie, prof ! C'est cool ! On forme une drôle d'équipe, en effet. Mais elle n'est pas obligée de me parler en différé, la petite !

– Tu sais ce qu'elle te dit la petite !

– Non ! Ça, tu peux le dire au prof en MP !
Ils rirent tous ensemble et Tova se détendit puis pris la main de Rachel qui en fut très étonnée.

– Désolé ! Je suis un peu lourde, mais…

– Ce n'est pas grave, la rassura Rachel. Tu es sur la défensive avec les étrangers. Ce n'est pas plus mal. On est venu te chercher parce que tu nous es apparue avec d'autres âmes.

– Des âmes comme moi ? demanda-t-elle, très intéressée.

– Peut-être. Tu étais la plus intense.

– J'avais l'air de quoi ?

– Bien plus jeune et très différente, avec une belle robe.

– Et je faisais quoi ?

– Tu t'es surtout accrochée au professeur Fisher. Lui, qui est assis devant.

– Il reste silencieux, fit remarquer Tova. Il a été blessé par la réaction des voyous. Il avait quitté sa bulle, grâce à vous et il y retourne déjà.
Rachel s'inquiéta. Elle savait que Tova voyait juste.

– Pourquoi, je m'accrochais à lui d'après vous ?

– Il est plutôt beau gosse ? proposa le professeur.

– Non, je ne m'intéresse pas aux beaux gosses.

– Et ta copine ? demanda Cooper. C'est juste une copine ?

– Je n'ai pas de copine. Je suis seule au monde.

– Tu as des parents, fit remarquer le professeur.

– Le mari de ma mère n'est pas mon père. Ma

mère a eu une vie avant cette vie avec mon père. C'est de là-bas que je viens.

— C'est ce que tu recherches dans les pubs ?

— Peut-être. Et puis je veux surtout fuir.

— Fuir ! S'étonna Rachel. Qui veux-tu fuir ?

— Me fuir. Fuir mon esprit, ma réflexion in-interrompue. L'esprit des autres et l'intensité de la matière.

— Tu es comme un récepteur, Tova ? demanda le professeur.

— Exactement, dit-elle.

— Mais pas seulement ça, dit-il. Tu es bien plus que ça, en fait.

— Ce n'est pas ce que je suis qui me procure une certaine valeur.

— Qu'est-ce que c'est alors ? voulu savoir le professeur.

— Ce sont les chemins que j'emprunte qui me rendent particulière.

— Est-ce que je peux suggérer que nous empruntons tous un chemin ?

— La différence, avec moi, c'est que c'est la première fois et que mon esprit n'a été entaché d'aucune espèce de limite.

— Tu peux tout voir ? Tout appréhender ?

— Vous tous, vivez uniquement dans un seul monde. Ce n'est pas mon cas, dit-elle, avant de disparaître.

RÉVÉLATION

Cooper qui suivait la discussion en jetant des coups d'œil dans le rétroviseur freina brusquement. La voiture qui était derrière percuta son pare-chocs. Il se retourna vers le siège arrière sans en croire ses yeux. Il ouvrit sa portière puis celle de l'arrière où était Rachel et fouilla du regard l'espace vide où Tova se trouvait, une minute plus tôt.

– Elle a disparue ! certifia Rachel tout aussi effarée que lui.

– Professeur ? demanda-t-il, comme s'il espérait un démenti.

– Je ne sais pas encore comment elle est capable de se téléporter mais elle est déjà ailleurs.

– Téléportée ! répéta Cooper.

Eric s'était simplement retourné et ne semblait pas aussi ébahi qu'il aurait dû l'être. Cooper le questionna aussi du regard mais il se contenta de hausser les épaules.

– Peut-être que le terme téléporté ne convient pas, précisa le professeur. Qu'il vaut mieux dire, qu'elle est rentrée dans une autre dimension.

– Appelez ça comme vous voulez ! Elle a disparue !

– Elle ne parlait pas en l'air, rajouta Éric d'un ton neutre.

– Non, continua Rachel. Elle est bien au-dessus de nos possibilités et de notre connaissance !

– C'est pour cela que nous sommes là, conclut le professeur. Elle doit nous enseigner comment parvenir à réunir deux dimensions bien plus éloignées que la terre et le soleil !

Cooper leva les yeux par réflexe vers le soleil.

– Il est loin le soleil ? demanda-t-il innocemment.

– Moins loin que la constance du bonheur, expliqua Éric en surprenant tout le monde.

À ce moment-là, le capitaine interpella Cooper qui ignorait royalement les klaxons des voitures qui devaient contourner le 4x4.

– Est-ce qu'il y a un problème, Cooper ?

– Non, non, au contraire, le problème a disparu.

Le capitaine jeta un rapide regard dans la voiture.

– Où est la fille ?

– Eh bien ; elle est partie.

– Elle s'est enfuie ?

– On peut dire ça, oui.

– Je lance un avis de recherche immédiatement !

– Non ! intervint le professeur.

– Pourquoi ça ? demanda Cooper. Vous n'avez plus besoin d'elle ?

– Plus que jamais. Avec ce que nous venons

de voir et d'entendre. Pourtant, je pense qu'elle a décidée de se joindre à nous et que nous aurions tort de nous inquiéter.

— Je ne partage pas votre optimisme sur cette fille, professeur. Savez-vous ce qu'elle a fait le mois dernier à peine ? Elle a dévalisé une banque !

— Une attaque à main-armée ? demanda Cooper qui allait de surprise en surprise.

— Pas exactement ! Personne ne sait comment elle est entrée dans la banque ni comment elle en est sortie !

— Mais vous l'avez attrapée avec l'argent ?

— Non, elle avait tout distribué ; Des milliers de dollars aux SDF ! On a poursuivi les numéros de série et les bénéficiaires l'ont tous décris comme un ange du ciel rempli de lumière, mais c'était bien elle.

— Elle est plutôt noir comme ange ! Genre gotique !

— Détrompez-vous, Cooper. Ce look est juste un laisser-passé pour ce genre de pub où on l'a trouvé aujourd'hui.

— C'est une sorte de caméléon ?

— Camée, malheureusement, cet ange qui se soucis des sans-domiciles.

— Elle est souvent droguée ? Pourquoi la laissez-vous en liberté ?

— Parce qu'il n'y a jamais aucune preuve contre elle. Pas de drogue dans le sang, pas d'alcool d'après l'alcootest. Pour la banque, elle n'a rien gardée pour elle, et en plus, des dizaines de témoins, qui n'ont aucun lien avec elle et n'ont aucun intérêt à mentir, jurent l'avoir vu dans un autre endroit à l'heure de la disparition des billets.

— Mais pourquoi lui avoir ouvert un casier judiciaire, dans ce cas-là ? Voulu savoir le professeur.

— Pour la tenir à l'œil plus facilement !

— C'est permis, ce genre de pratique ?

— Et de voler des milliers de dollars, c'est permis ?

— Puisque vous n'avez aucune preuve contre elle !

— Peut-être, mais nous savons que c'est elle !

— La pauvre petite, continua le professeur. C'est une innocente coupable.

— Ou une coupable innocente ! rectifia le capitaine.

— En tout cas, elle a filé ! Constata Cooper. Une vraie magicienne ! On fait quoi si on ne lance pas un avis de recherche ?

— Le mieux à faire, dans ces cas-là...

— Oui ? Voulurent savoir, Cooper et le capitaine.

— C'est de suivre le GPS.

— Vous pensez qu'elle est retournée chez elle ?

— Elle voulait prendre une douche et se changer.

— Capitaine ? C'est aussi votre avis ?

— C'est une possibilité, admit-il. C'est d'ailleurs toujours chez elle que nous la retrouvons.

– Et ses parents ? Voulu savoir Cooper.
– Il ne sont jamais au courant de ces fugues. Ou bien, ils nous font croire qu'ils ne sont pas au courant.
– D'accord ! On reprend la route ! annonça Cooper.
– Ne freinez plus aussi brusquement, le propriétaire de la voiture derrière vous avait l'intention de vous faire des ennuis, on a dû le dissuader du contraire.
– Vous ne l'avez pas incarcéré au moins ? Ricana Cooper en reprenant le volant.

Une maison de Brooklyn tout ce qu'il y a de plus normal dans ce quartier construit par la communauté anglaise. Des briques rouges, un escalier avec des rampes qui glissent sur la chaussée et des platanes remplis d'écureuils malicieux.
Ils débarquèrent sur le trottoir tandis qu'une femme élégante arrivait chez elle, les bras chargés de sac en carton brun.
– Me Sénior ? demanda Cooper.
– Quelque chose ne va pas ? s'inquiéta-t-elle en voyant Cooper, le professeur, Rachel et les deux voitures de fédérés qu'elle reconnue immédiatement.
– Votre fille est-elle à la maison ?
– Oui. Je suppose. Est-ce qu'elle est encore accusée de quelque chose ?
– Non, pas cette fois, dit Cooper. Pourrait-on rentrer un instant ?

À ce moment-là, la porte de la maison s'ouvrit et Tova apparue, très différente de celle qu'ils avaient appréhendée dans le pub. Elle semblait très propre sur elle, ses cheveux étaient mouillés. Une jupe d'écolière à carreaux, une chemise bleu-clair fermée jusqu'au dernier bouton, des bas noirs et des escarpins cirés.

– Bonjour, tout le monde ! dit-elle avec beaucoup d'enthousiasme. Ne restez pas dehors ! Rentrez !

Elle descendit avec beaucoup de légèreté débarrasser sa mère des sacs qu'elle avait dans les bras. Les visiteurs voulurent se mettre de côté pour laisser place à la maîtresse de maison, mais Tova les fit passer devant et, au grand étonnement de tous, referma la porte au nez de sa mère surprise.

– Tova ! S'écria-t-elle. Qu'est-ce que tu fais ? Pourquoi tu me laisse dehors ?

– Cindia ? dit une voix derrière elle.

Elle se retourna surprise. Il y avait des années qu'elle n'avait pas entendu cette voix.

– Éric ! dit-elle, incrédule. Qu'est-ce que tu fais là ? Comment m'as-tu retrouvé ?

– Je suis avec les autres savants. Et toi ? Tu habites le quartier ?

– Moi. Eh bien, j'habite là, dit-elle en désignant la maison derrière elle.

– Tu es la mère de Tova ?

– Tu connais ma fille ?

– Depuis tout-à l'heure. Nous sommes venus pour elle.

– Tu es venu pour elle ?
– Oui.
– Mais comment as-tu su ?
– Su quoi ?

Elle ne comprenait plus rien, et lui non plus. Jusqu'à ce que Tova ouvre de nouveau la porte pour faire une annonce avant de la refermer aussi sec.

– Papa, Maman, pourquoi vous restez dehors ?

Eric regarda Cindia avec des yeux incrédules.

– Bon, ben, voilà. C'est un peu direct comme annonce, mais puisqu'elle y tient.

– Cindia ! Pour l'amour du ciel ! Nous avions une fille !

– Ça ne te ressemble pas, ce genre d'expression ! Ou alors, tu as changé autant que moi ? Tu m'as quitté sans même me dire au-revoir. Tu voulais que je te tienne au courant de quoi que ce soit ? J'étais enceinte, mais j'ai compris que c'était mon problème et pas le tien, alors je l'ai élevée avec tout mon amour de mère courageuse, comme on dit.

– Cindia ! Mais si tu m'avais annoncé que, je… Je ne sais pas, mais… Pardon, je suis tellement stupide ; je t'ai quitté parce que je m'attachais à toi et que j'ai eu peur de…

– De quoi ? D'être un homme comme les autres, pas un savant fou de son métier ? Très bonne raison ! En attendant, la jeune fille idiote que j'étais portait ton enfant !

Elle retenait ses larmes. Il sentit qu'elle était en

lutte avec elle-même.

– Je m'étais dit que je ne te ferai jamais de reproche. Tout est bien. Je suis marié avec un homme merveilleux.

– Super, dit-il machinalement. Mais tu aurais pu me le faire savoir ! Je me suis senti tellement seul, pendant toutes ces années, alors que j'avais une fille dont j'aurais pu m'occuper !

Il eut besoin de s'asseoir. La nouvelle l'avait assommé. Il se sentit submergé et ne put retenir les sanglots qui le saisissait. Elle ne fit aucun geste vers lui.
Essuyant ses larmes avec ses mains, il se sentit honteux d'avoir pleuré devant-elle qui semblait si lointaine et insensible. Puis, il la regarda sans vraiment reconnaître en elle la femme qu'il avait aimée. Il ne sut pas non plus pourquoi, il la compara instinctivement avec Rachel.

– Toutes ces années, je n'ai pas été là pour elle ! Tu as perdu la tête de nous avoir fait ça ! Ma fille a vécu sans père... Ce n'est pas une erreur de calcul, au moins ? C'est vrai ? Ça correspond dans les dates ? Tu es sûre de toi ?

– Après toi, je n'ai rencontré personne pendant des années. Et tu as été le premier homme de ma vie. Pas la peine d'être mathématicien pour un calcul comme ça.

– Tu te rend compte que je suis venu chercher ma fille sans savoir ce que je faisais vraiment ?

– Mais comment as-tu pu me retrouver ?

– Ce n'est pas moi, avoua-t-il. C'est elle qui m'a appelé !

Elle le regarda avec un sourire désabusé.

– Je ne lui ai jamais parlé de toi. Je n'en avais pas la force. Je comprends que tu ne parviennes pas à saisir ma réaction, mais j'ai éliminé ma vie passée ; je ne suis plus la même. Mon seul lien avec celle que tu as connu, c'est elle.

– C'est une enfant exceptionnelle ! Elle m'a conduit jusqu'ici, moi et les autres !

– Ce sont tes amis.

Il réfléchit un instant.

– Oui. Si j'ai des amis dans ce monde, ce sont eux, mes seuls amis.

Elle détourna la tête, un peu gêné, qu'il affirme une amitié dont-elle le croyait incapable.

– Alors ? Vous venez ? insista Tova.

– Oui ! dit Cindia.

Eric se retourna pour regarder Tova avec le regard de celui qui sait désormais. Elle lui sourit. Il ressentait qu'elle était heureuse. Il osa un premier sourire envers sa fille. Il sentit que sa bouche était crispée. Il n'avait jamais souri à une enfant dont il était le père. Des larmes coulèrent de nouveau sur son visage. Elle aussi ne put s'empêcher de pleurer de joie. Finalement, alors qu'il n'osait pas faire un seul pas, elle courue vers lui et lui sauta dans les bras. Ils se serrèrent très fort en riant aux éclats. Le bonheur qu'ils éprouvaient en cet instant, n'avait rien d'égal dans toutes les histoires d'amour.

Certainement que la vie, les soucis, les crises d'adolescence auraient droit à la parole, mais ce moment d'éternité était à eux.

L'ENFANT QUI NE RÊVAIT PAS

Rachel avait tout juste onze ans. Elle était effrayée, même si ce n'était pas la première fois. Les gens qu'elle voyait n'étaient pas des gens de cette époque ou l'avaient quittée depuis peu. Ils étaient partout. L'école en était pleine, les rues, les jardins. Ils étaient partout et elle seule semblait les voir.

À la première apparition, elle avait hurlé en pleine classe et tous les élèves et le professeur l'avaient dévisagé comme on regarde une folle.

Son père avait été appelé ; sa fille, prostrée sur elle-même, tremblait le dos appuyé contre un mur, les mains sur le visage pour ne plus voir.

Elle s'accrocha à lui, comme un naufragé s'accroche à la bouée de sauvetage qu'on lui lance. Lui seul pouvait la protéger. Il l'emporta dans ses bras, comme s'il devait l'arracher aux griffes d'un animal sauvage.

Il expliqua au directeur que sa fille avait fait un cauchemar, qu'il ne fallait pas s'inquiéter. Le lendemain, c'était sa sœur qui prenait sa place et tout rentrait dans l'ordre, même si ses notes chutaient vertigineusement.

Rachel expliqua à son père qu'elle voyait des gens qui n'appartenaient pas au monde des vivants. Qu'elle perdait la tête, qu'elle devenait folle.

Mais il la rassura sur ce point. Elle avait hérité du don de sa grand-mère ; Elle aussi, parlait avec les esprits qui comblent le vide de notre réalité. On venait la consulter pour converser avec des personnes partis trop tôt et que l'on ne voyait plus. Sa grand-mère n'avait pas peur. Elle considérait cette prescience comme un don du ciel.
Si Rachel était rassurée de savoir qu'il y avait des antécédents familiaux qui attestaient qu'elle ne sombrait pas dans la folie, elle était tout de même effrayée par leur présence.

Alors, pour qu'elle se calme, il lui confia le secret des chiffres qui ont le pouvoir de nous cloisonner dans la réalité. Les chiffres la protégeraient de ses visions. En attendant, elle ne devait pas avoir peur. La vie n'est pas juste ce que l'on voit au quotidien ; c'est beaucoup plus que ça. Par le calcul, elle pourrait appréhender le pouvoir d'une recherche « oblique » de l'existence. Si aujourd'hui, elle voyait tous ceux qui n'admettent pas la nouvelle réalité à laquelle ils doivent se confronter. Demain, grâce aux chiffres, elle deviendrait un génie de la réalité mesurable. Il lui avait également donné des lunettes pour cadrer sa vision avec de simples verres transparents. La limite des verres la tranquillisait.

Même si les visions de Rachel ne s'étaient pas véritablement interrompues, grâce à sa conscience toujours plus cartésienne, « ses fantômes » aussi, devenaient plus réels, plus quotidiens. Si bien qu'elle avait commencé à leur parler, à avoir des amis dans leur monde. Elle les comprenait mieux.

Ils ne parlaient plus de ça, avec son père, même s'il savait qu'elle menait « une double vie ».

    « – Pourquoi, tu ne me regarde pas, Rachel ?
    – Parce que tu es affreusement mal habillée !
    – Tu trouves réellement ? J'ai toujours été à la mode de mon époque !
    – Justement, si tu avais opté pour le classique, tu n'aurais jamais paru démodée.
    – Franchement, en matière de tenue vestimentaire, tu n'es pas des plus douées ! Est- ce que tu ne te demande pas pourquoi tu nous vois alors que les autres sont   aveugles ?
    – Je suis une rêveuse ? C'est ça ?
    – Non, c'est ta sœur Léa qui est une rêveuse. Pourtant, elle ne nous voit pas.
    – C'est quoi mon problème alors ?
    – Qui a parlé de problème ? Tu nous vois, nous entend. C'est une chance pour nous.
    – Pas pour moi, en tout cas.
    – Parce que tu ne crois pas aux rêves.

– Je ne crois pas aux rêves ? Comment sais-tu ça ?

– Tu n'admets que la réalité, et c'est pour cette raison là que tu perçois notre existence comme une autre réalité. Tu y crois dur comme fer !

– J'hallucine, alors ?

– Non. Tes visions sont le fruit de ta conscience qui ne croie qu'au réel... »

Son père, l'avait encerclée de chiffres qui occupaient toute sa pensée. Alors, elle avait fini par ne plus les entendre parce que sa réflexion n'entendait que ses calculs, ses formules mathématiques ininterrompues.

Mais elle les voyait tout de même, ces êtres qui voyageaient dans d'autres dimensions, même s'ils étaient comme ces gens de la rue qui passent et que l'on ne connait pas.

Jusqu'à sa grand-mère dans le laboratoire, qu'elle avait pris pour une simple employée du laboratoire, jusqu'à ces gens venus les trouver dans ce café de la plage.

Et maintenant, il y avait Tova.

Qui était-elle réellement ? Sa véritable intention était-elle seulement de retrouver son père ? Était-ce pour ça qu'elle avait provoqué cette rencontre à New-York ?

Le professeur avait intégré son poste à la NASA et comme à l'époque, en Russie, il serait happé par son travail. Il lui manquait déjà. Elle s'était habituée à sa présente si imposante, à sa puissance.

Elle retrouva son appartement qui lui semblait bien vide. Sa voisine aussi, s'était absentée. Où était-elle ? Il suffisait de lui téléphoner, mais elle la prenait encore pour la sœur de son amie. Comme si tous ceux qu'elle aimait avaient été aspirés pour la laisser seule. Elle ressortit immédiatement et se rendis à l'Hôpital.

Apparemment, l'état de sa sœur était stationnaire. Elle semblait plus sereine. Elle lui fit penser à la belle aux bois dormants.

— Dors, ma belle. Au dehors, les gens se démènent en vain, mais je te le promets, tu ne rate rien.

Pourtant, au même moment, l'image de sa sœur, en chemise de nuit, rentra dans sa chambre sans prêter attention à son corps endormit. Elle était pieds nus mais on ne distinguait pas vraiment ses pieds.

— Comment est-ce que tu vas ? demanda Léa.
— Tu me manques, dit Rachel qui n'était pas surprise outre-mesure.
— C'était bien, New-York ?
— Je suppose.
— Vous avez ramené la jeune fille ; c'est une bonne chose.
— Tu crois ? Au retour, les choses étaient si simples, si banales. Elle a passé son temps, collée à son père.

– C'est banal, pour toi, de découvrir un père qu'elle n'a jamais connu ?

– Nous connaissons si peu, le nôtre.

– Ou nous le connaissons trop.

– Tu n'es pas étonnée de me voir ?

– Le coma, c'est comme la mort ? demanda Rachel.

– Je te signale que tu nous réentends, fit remarquer Léa.

– Les morts ?

– Quel mot affreux !

– Tu préfères, les consciences ?

– Oui, ou les âmes, c'est encore mieux !

– Donc, tu fais partit des âmes qui déambulent dans les couloirs ?

– Tu as des questions à ta sœur, plongée dans le coma, ou on continue à échanger des banalités ?

– Je n'arrive pas à comprendre la suite des événements. Que va-t-il se passer ? Que veulent réellement les consciences ? Vont-elles changer le monde ?

– Va voir Tova, elle doit vous enseigner le secret des âmes.

– Tu es au courant que je disparaîs ?

– Ce n'est rien.

– Comment, ce n'est rien !

– Je vais m'occuper de ce problème.

– Comment ? voulu savoir Rachel.

– Comme ça !

Et l'âme de Léa s'introduisit dans Rachel. Rachel en pris conscience sans vraiment assimiler qu'une telle chose était possible. Elle se leva de sa chaise et quitta l'hôpital en laissant le corps de Léa derrière elle. En passant devant un miroir, elle constata que son reflet était plus fort que jamais. Elle se sentait bien, renouvelée, entière. Comme si depuis toujours, les jumelles étaient nées pour fusionner. En rentrant chez elle, elle se saisit du violon et joua d'une manière tout-à fait différente. Si, habituellement, Léa jouait avec son cœur, Rachel qui était incapable de se servir d'un instrument de musique jouait maintenant avec le cœur et l'esprit réunis. La journée passée n'était donc pas complètement inutile. Demain, elle irait au laboratoire et dans la soirée, c'était la fameuse convention internationale. Le monde venait se rendre compte de l'avancée du projet « consciences ». Rachel se coucha et s'endormit immédiatement d'un sommeil profond.

Le lendemain, la sonnerie de son téléphone portable la réveilla. Elle avait, pour sa part, complètement oubliée l'épisode de la veille. Elle venait de rater un appel du professeur Fisher. Elle regarda l'heure sur son portable et fut stupéfaite de constater qu'il n'était que six heures du matin. Quelque chose de grave s'était passé dans la nuit avec Tova ? Elle remarqua que son père lui avait envoyé un message à deux heures du matin.
« Ma Rachel, j'espère que tu dors profondément. J'ai intégré l'équipe de la NASA. En fait, je suis chef

d'équipe sur le projet des transmissions de pensée, va savoir pourquoi ? Je me libère dès que je peux, et on déjeune ensemble pour se parler un peu. Gros bisous, Dadoushki. »
Un message de Eric, arrivait à l'instant :
« Vous dormez peut-être encore ? C'était pour vous proposer de nous rejoindre au laboratoire prendre un bon petit déjeuner et étudier les sujets liés à la conscience, avec Tova. »
En voyant ce message, Rachel fronça les sourcils. Est-ce qu'il comptait l'attirer avec son bon petit déjeuner ? Elle n'avait pas besoin de lui ; elle pouvait manger n'importe-où.
Comme s'il lisait dans ses pensées, il envoya un autre message :
« J'ai besoin de vous, Rachel, je ne m'en sortirais pas, sans vous, professionnellement. »
– Professionnellement ! s'écriât-elle. Cet homme n'a que le travail en tête ! Eh bien, non ! Ce ne sont pas mes horaires de travail !
Comme s'il avait entendu ses paroles, un nouveau message lui parvint :
« C'est personnellement que j'ai encore bien plus besoin de vous. »
Elle resta bouche-bée. Elle sentit qu'elle s'attendrissait et s'en voulue d'être si faible. Après tout, c'était un homme qui avait fait un enfant à une femme et l'avait lâchement abandonnée.

Une demi-heure plus tard, pourtant, elle était devant le laboratoire. A l'inverse de ses habitudes, elle s'était maquillé et habillée avec soin. Eric lui ouvrit aussitôt, comme s'il la guettait à travers les portes vitrées. En la voyant si belle, il se sentit ému.

– Merci d'être venue si vite !

– Est-ce que tout va bien ? s'inquiéta Rachel. Tova est encore avec vous ?

– Oui, elle est en train de superviser l'installation de la nouvelle cuisine.

– Une nouvelle cuisine ! L'ancienne était très bien, il me semble !

– Sauf que Tova ne veux rien manger qui ne soit pas strictement cachère.

– Ah ! fit Rachel. C'était à prévoir, vu le quartier où elle habitait.

– Comme ça, vous en profiterez aussi ! fit-il, comme pour s'excuser.

– Moi, spécifiquement ! s'étonna Rachel. Pourquoi ça ?

– Mais parce que vous êtes juive, aussi !

– Ah, oui ! « Rachel Grimberg », forcément ! Avec un nom pareil ! Sauf qu'avec monpère, on n'était pas exactement pratiquants.

– Votre père est un homme passionnant ! Rempli de contradictions mais toujours avec une sincère harmonie. Il me semble, par exemple, qu'il ne marierait jamais ses filles à un non-juif, même si c'est un russe communiste !

– Surtout pas à un russe communiste ! Mais je ne sais pas s'il s'attend à ce qu'on lui demande son avis.

– Ah bon ! s'étonna Eric. Il m'avait semblé

que vous ne faisiez rien sans son avis !

– Son avis, peut-être, mais pas sa permission.

– Ce n'est pas facile, d'être un père ! constata Eric.

– Être la fille d'un père comme mon père, n'est pas la chose la plus aisée du monde, non plus.

Ils se sourirent mutuellement. Eric repensa à la forte personnalité du professeur Grinberg.

– Et vous, avec Tova. Ça marche ?

– Moi ! avoua-t-il, gêné. Eh bien, je ne savais pas qu'une telle créature puisse venir au monde dans une époque comme la nôtre. Encore moins, qu'elle puisse être ma fille !

– Mais vous êtes heureux, n'est-ce pas ?

– Très heureux, c'est un bonheur infini !

– Alors ? voulut-elle savoir, où est le problème ?

– Disons que je le découvre ! Tova est un être hors-normes ; Elle peut se concentrer des heures d'affilées pour terminer une vingtaine de livre. Elle retient tout au premier regard et elle ne dort que trois heures par nuit !...

– C'est pour ça que vous m'avez téléphoné à six heures du matin !

– Oui. Je crois que j'ai vraiment besoin d'aide. Moi qui, grâce à vous, recommençais à peine à retrouver le sommeil.

Rachel fut gênée de l'entendre parler si sincèrement. Elle comprenait en cet instant, qu'elle s'était habituée au combat avec lui. De le trouver si entier la désarmait. Peut-être que la controverse était la seule approche du monde masculin à laquelle son père l'avait préparé.

– Qu'attendez-vous de moi ?

– Vous pourriez m'aider à m'organiser. Lui parler.

– C'est elle doit nous apprendre des choses !

– Oui ! fit-il, bien-sûr.

Il avait l'air de s'excuser. Il était le premier à constater que ses affaires personnelles prenaient le pas sur son métier.

– Voilà, la cuisine est en place, annonça Tova en s'essayant avec son père et Rachel dans la cafétéria du laboratoire.

– Tu te donnes beaucoup de mal, constata Rachel.

– J'ai dû reprendre dans ma tête, une vingtaine de décisionnaires pour être certaine que tout répondait à toutes les exigences des lois juives. En définitive, il ne pourra y avoir que des laitages et du poisson. La viande, dans la même cuisine, c'est trop compliqué.

– Nous, ça nous va très bien, le poisson ! acquiesça Eric.

– Poissons et fromages, c'est super, confirma Rachel.

– Avec des fruits et légumes bien sûr, et du pain et des gâteaux !

– Que demande le peuple ? rajouta Eric. Détends-toi, maintenant.

Ils avaient remarqué que Tova se tordait nerveusement les mains. Rachel se demanda si elle n'était pas en manque de drogue ou d'alcool.

– Je ne suis pas habituée à m'impliquer autant dans l'action matérielle ; ça me déstabilise, ça me rend inquiète.

– Tout va bien, Tova, les cuisiniers prennent la relève.

– Tout est si compliqué dans ce monde, avoua Tova.

– On peut manger des œufs au plat, tous les matins, si ça te décharge de tes responsabilités, concéda son père.

– C'est plus que la cuisine qui t'inquiète, Tova, n'est-ce pas ? devina Rachel.

– C'est la matière organique de cette réalité qui accapare mon esprit. La matière est bien plus que ce qu'elle parait.

– Dans notre métier, on est au courant, ma fille.

– Je sais bien, mais je ne peux pas empêcher mon esprit de conjuguer plusieurs   dimensions à la fois.

– Plusieurs dimensions ! s'étonna Rachel.

Une dame, leur servit un copieux petit déjeuner. Eric et Rachel firent honneur au repas, mais Tova mangeait très peu.

– Tu dois te nourrir, ma fille !

- Je vais gérer cette matière organique que j'ai avalé et ça ira très bien. Il y a là, suffisamment d'énergie. Vous voulez savoir quoi ?

Elle avait dit cette dernière phrase très brusquement. Eric et Rachel sursautèrent.

- Il me semble qu'il faut accélérer les choses, expliqua Tova. Je ne sais pas combien de temps il me reste.
- De quoi tu parles ? Tu n'es pas malade, que je sache !
- Tu te trompes. Je suis très malade.
- Mais de quelle maladie ? s'inquiéta Eric.
- Je suis malade d'amour. Je me languis de mon créateur. Je veux me fondre avec lui et accéder enfin au repos de ma conscience !
- Ce sont des idioties ! s'écria Eric.
- Autant que de capturer des consciences, objecta Tova. Pourtant tu as réussi !
- Je ne désire pas mourir !
- La vie est un culte à la mort ! Les sages du Talmud disent que lorsqu'un enfant vient au monde, il commence déjà à mourir ! En plus ; qui te parle de mourir ?
- Tu veux t'englober dans ton créateur ! Ça s'appelle comment ça ?
- C'est commencer à être plutôt qu'exister !
- Tu veux arrêter d'exister !
- Exactement ! La conscience de vivre est ma prison. Je compte bien en sortir.

Eric ne savait pas s'il devait se mettre en colère

contre sa fille.

Elle, le regarda d'un air désolé.

– Je comprends bien que c'est un peu brusque, mais il faut arrêter de mesurer le temps, de peur d'empêcher l'expression de son éternité.

– Pourquoi le mesures tu dans ce cas ? rétorqua Eric.

– C'est mon étreinte de la matière que je mesure.

– Tova ! Tu fais trop de mystères, tu vas finir par me rendre fou !

– Ne veux-tu pas nous transmettre les clefs qui nous manquent pour que nous puissions avancer ? proposa sagement Rachel.

– La connaissance se résume à quelques chiffres. Le chiffre dix, le chiffre trois et le chiffre sept. les dix mesures de dévoilement de la lumière divine. Les trois attributs intellectuels et les sept étapes des sentiments. Ce qui manque à votre projet, c'est la structure !

– En plus de la structure mathématique ? questionna Rachel.

– Exactement.

Eric écoutait à peine. Il était obsédé par la crainte de perdre cette fille qu'il venait à peine de retrouver.

Tout ça c'était trop cruel ; il ne se remettrait jamais de perdre cet être extraordinaire qu'il pouvait aimer sans calcul de probabilité.

A un certain instant, Tova leur demanda de

prendre des notes et elle leur expliqua l'agencement des mondes spirituels ; les mondes divins.

FUSION

Tova regarda le dispositif sur la falaise. Elle n'avait plus envie de parler et Eric comme Rachel le comprirent. Elles leur avaient transmis sa connaissance pendant plus de trois heures et devait se régénérer.

Ils se tenaient derrière elle qui avançait vers les pièges. Elle se baissa devant le premier socle pour le soulever mais il était trop lourd pour ses bras trop maigres. Eric se précipita et le déplaça. Elle désigna un emplacement et il s'exécuta. Il ne savait pas pourquoi il faisait ça, mais il savait qu'elle savait ce qu'il fallait faire. Ce qu'il adviendrait de cette nouvelle disposition le terrorisait, malgré son bon sens. Bientôt viendrait Cooper et les représentants des grandes nations du monde, et quelque chose de plus extraordinaire encore allait se passer, il le pressentait. Les yeux de Tova lui faisaient peur en cet instant ; elle voyait bien plus loin que sa propre destinée.

Rachel qui n'était que spectatrice, cette fois, se souvint comment elle-même avait eu le pressentiment qu'il fallait doser le flux d'hélium pour exprimer la forme humaine des consciences qui dé-

siraient apparaître sous leur véritable aspect.
Eric qui était à la base du projet était pourtant incapable de le faire évoluer. Sans doute, fallait-il une intuition féminine. Les hommes donnent une goutte de semence mais c'est la femme qui construit l'embryon dans son ventre, jusqu'à ce qu'il devienne un véritable bébé. Elle remarqua que Tova avait fait placer les anneaux en triangle. Elle reconnut la représentation du ségol dans l'alphabet hébraïque, qui est représenté par trois points. L'un à droite, l'autre, à gauche et le troisième, au milieu. Exactement comme les sfirot, les structures de dévoilements divins qu'elle leur avait enseignées. Tova espérait-elle voir se concrétiser dans la réalité, ce qu'elle avait étudié dans ses livres ? Sa connaissance de la Kabbalah était impressionnante ! Où avait-elle appris tout ça ?

Lorsque tous les socles furent placés à sa convenance, Tova chercha un coin d'herbe et se coucha en se recroquevillant. Eric ôta sa veste et la recouvrit. Ensuite, il rejoignit Rachel. Il avait un air triste, découragé. Elle voulut le rassurer, mais elle n'avait pas le cœur à lui mentir. Elle aussi, savait que Tova exécutait peut-être une ultime mission.
Ils n'eurent pas le loisir de se concerter car Tova s'était redressée et rappelait son père.

– Qu'est-ce qu'il y a Tova ?

– Nous avons représenté les structures des mondes infinis ! s'écria-t-elle.

– C'est à dire ? rétorqua-t-il, sans comprendre. Qu'est-ce qui ne va pas ?

– Il doit y avoir uniquement neuf anneaux pour neuf sfirot !

– Je croyais que c'était dix ? intervint Rachel.

– La dixième, c'est la révélation ; je jouerais ce rôle.

Des voitures et des Vans et même un gros camion se garaient.

– Vous avez besoin de main d'œuvre pour finaliser ? demanda Cooper.

– Oui, répondit Rachel. Il faut ôter des anneaux !

Les pays étaient représentés par des émissaires triés sur le volet. Des ambassadeurs, des physiciens, et parfois, uniquement, des politiciens. C'étaient tous, des hommes de pouvoir et d'assurance. Si la plupart étaient imbus et fiers de leur importance sociale, il y avait quelque fois des hommes plus simples, qui avaient hérité d'une fonction séculaire, au sein d'une famille ou d'un pays.

Tous étaient impatients. Bien sûr, ils avaient visionné l'apparition des consciences sur l'écran de leur ordinateur, mais les consciences n'apparaissaient pas très nettement selon l'angle de vision ou la densité de l'Hélium. C'était en tout cas, ce qu'ils pensaient tous. Ce soir, ils verraient de leurs propres yeux, ce mystère de l'univers et cette découverte de la science.

Cooper pris le micro, le premier, en remerciant chacun d'avoir fait le voyage pour contempler l'infini. Il soulignait l'importance d'une telle réunion internationale. « La science est le nouveau cheval de Troie qui ouvrira les portes de l'univers invisible qui palpite secrètement autour de nous ».

Eric remercia à son tour, et expliqua le cheminement de ses calculs et de sa pensée vers une découverte aussi extraordinaire. Enfin, il admit, sans aucune honte, que les revirements spectaculaires qu'ils découvriraient, ce soir, n'étaient pas de son initiative mais de l'intervention salutaire de sa nouvelle collaboratrice, Rachel Grinberg. Il voulut introduire la participation de sa fille mais ne sut comment s'y prendre, d'autant plus, qu'il voyait la nuit gagner du terrain sur leur introduction. Ce fut Rachel qui invita simplement les convives à se détendre et à lever leur coupe de champagne.

Alors qu'ils piaillaient tous comme des oiseaux autour de l'effervescence des bulles, les consciences, une à une, apparurent en imposant un silence absolu. Ce fut le moment que choisit Tova pour faire son entrée sur la pelouse. Personne ne compris d'abord ce que cette jeune fille venait faire ici. Mais, tournant, sans aucune gêne, le dos aux officiels, elle se plaça face aux consciences et éleva subitement les bras, comme un dompteur au cirque.

A cet instant, les consciences quittèrent leur socle et prirent place dans le ciel, à la verticale, au-dessus de Tova, en gardant soigneusement l'ordonnance proposée par les socles devenus vacants.

Nul ne put retenir une exclamation d'admiration. C'était la vision la plus grandiose qui puisse jamais être observée de mémoire d'homme, car à travers les consciences, c'était l'univers tout entier que l'on découvrait.

Pourtant, ce qui fut plus surprenant encore, c'est ce que provoquait le regard des consciences sur la personnalité de chacun. La fatuité, la grossièreté, la petitesse d'esprit, l'orgueil et l'ambition, quittaient ces êtres humains revenus à l'essentiel. Les barrières de cultures et l'orgueil national que chacun arborait en héros, fondirent comme neige au soleil, remplacé par un principe essentiel qui prévaut au début de chaque existence. Pourtant, ce n'était que le début, car lorsque Tova se retourna pour les contempler à son tour, ils comprirent qu'elle résumait toute l'intensité des êtres éthérés qui la surplombait, qu'elle était bien plus que le tissu de chair sage qu'elle représentait.

Tova leva de nouveau les bras, et toutes les âmes des représentants des soixante et onze nations quittèrent leur corps d'habitation. Elles flottaient et se sentirent aspirées par les consciences immortelles qui leur faisait face. Du corps de Rachel s'enfuirent deux âmes, mais personne ne pensa à s'en étonner. A un moment précis, Tova enjoignit aux âmes de venir, simplement avec ses doigts et toutes les âmes rejoignirent la conscience qui était en accord avec la source de leur vitalité spirituelle où elles cessèrent d'exister.

LE PREMIER MATIN

Au petit matin, ils étaient tous sur la falaise et plus rien n'était pareil car une porte s'était ouverte pour l'humanité.

Les consciences comme les savants, les politiciens et les autres, étaient de nouveau habillés dans des corps. Mais ces corps, comme tous les corps dans le monde étaient des corps de lumière, car la matière était enfin déshabillée. Plus personne ne demandait quel était le sens de la vie et vers quoi courrait l'humanité car les deux consciences étaient enfin réunies. Le professeur Grinberg vint enlacer ses deux filles. Il s'écarta un instant et sa femme le rejoignit. Ils comprirent tous qu'ils ne s'étaient jamais quittés, qu'ils avaient constamment vécus, les uns près des autres, uniquement séparés par un voile infime que l'on nomme, la conscience.

Tova tenait la main de son père. Ils riaient enfin d'un bonheur indestructible. Ils n'étaient plus seuls ; ils ne le seraient plus jamais, car comme au commencement, le créateur et la création n'étaient qu'un seul état dans la conscience délivrée pour l'éternité...